beck'sche reihe

Die großen Geschichten
der Menschheit

Die phantastische Geschichte vom Kaufmann Sindbad, der immer wieder auf wundersame Inseln verschlagen wird und sich aus Lebensgefahr retten muß, gehört wegen ihrer Farbigkeit und Geschlossenheit zu den Höhepunkten von *Tausendundeine Nacht*. Bis in die Moderne hat diese orientalische Odyssee, die im Mittelalter als eigenständiger Erzählzyklus entstanden ist, zahllose Werke der westlichen und östlichen Literatur inspiriert.

Ulrich Marzolph, geb. 1953, ist Professor für Islamwissenschaft an der Universität Göttingen und wissenschaftlicher Redakteur bei der Enzyklopädie des Märchens. Bei C.H. Beck erschienen von ihm u.a. «Das Buch der wundersamen Geschichten. Erzählungen aus der Welt von Tausendundeine Nacht» (1999) sowie «Nasreddin Hodscha. 666 wahre Geschichten» (3. Auflage 2006).

DIE SIEBEN REISEN SINDBADS

TAUSENDUNDEINE NACHT

Aus dem Arabischen von
Max Henning

Mit einem Nachwort von
Ulrich Marzolph

Verlag C. H. Beck

Umschlaggestaltung: Augenmaß & Wunderamt
Umschlagabbildung: Porträt einer Fürstin,
Miniatur, Jaipur, 18. Jh. © bpk/Museum für
Indische Kunst, SMB/Iris Papadopoulos
Gesetzt aus der Bembo und der Trade Gothic im Verlag
Druck und Bindung: Ebner & Spiegel, Ulm
Printed in Germany
ISBN 978 3 406 54809 3

www.beck.de

INHALT

GESCHICHTE DER KÖNIGE SCHAHRIYÂR UND SCHAHZAMÂN

Man erzählt – doch Gott ist allwissend und allweise, allmächtig und allgütig –, daß in uralter Zeit und längst entschwundenen Tagen ein König aus dem Geschlechte der Sassaniden* auf den Inseln Indiens und Chinas geherrscht hat, der eine starke Heeresmacht, zahlreiche Leibgarden, eine große Dienerschaft und ein stattliches Gefolge besaß. Derselbe hatte zwei Söhne, von denen der eine in vorgerückteren Jahren stand, während der andere noch jung war; beide waren tapfere Reitersleute, doch der ältere war noch ritterlicher als der jüngere. Er war auch der Herrscher des Landes und waltete in Gerechtigkeit über seine Untertanen, so daß ihm das Volk seines Landes und Königreiches in Liebe zugetan war. Sein Name war König Schahriyâr, sein jüngerer Bruder aber hieß König Schahzamân und war König zu Samarkand in Persien.**

Zwanzig Jahre lang hatte ein jeder von ihnen in seinem Lande in Gerechtigkeit seine Untertanen regiert und ununterbrochen in vollster Fröhlichkeit und Zufriedenheit gelebt, als der ältere Bruder von Sehnsucht nach seinem jün-

* Die Sassaniden sind ein persisches Königsgeschlecht das auf diesen fabelhaften Inseln natürlich niemals geherrscht hat. Das Geschlecht der Sassaniden kam mit Ardeschir 226 auf den persischen Königsthron und regierte bis zur Eroberung Persiens durch die Araber ca. 650.

** Schahriyâr, ein persisches Wort, bedeutet «Herrscher», Schahzamân «König der Zeit».

geren Bruder ergriffen wurde und deshalb seinen Wesir beauftragte, zu ihm zu reisen und ihn mit sich zu bringen.

Der Wesir antwortete: «Ich höre und gehorche», machte sich auf den Weg und gelangte wohlbehalten zum Bruder seines Königs. Vor Schahzamân geführt, überbrachte er ihm Grüße, tat ihm kund, daß sein Bruder Sehnsucht nach ihm habe, und forderte ihn auf, ihn zu besuchen.

Schahzamân willigte unverzüglich ein und traf die Vorkehrungen zur Reise. Nachdem er die Zelte, Kamele und Maultiere, die Dienerschaft und die Leibwache hatte vor die Stadt ziehen lassen und den Wesir zum Landesverweser bestellt hatte, machte er sich selbst auf den Weg nach dem Lande seines Bruders.

Gegen Mitternacht fiel ihm jedoch ein, daß er etwas Wichtiges im Schlosse hatte liegen lassen; er kehrte um und fand daselbst seine Gemahlin in seinem Bette in den Armen eines schwarzen Sklaven ruhen. Bei diesem Anblick wurde die Welt schwarz vor seinen Augen, und er sprach bei sich: «Wenn sich das schon zuträgt, noch ehe ich die Stadt verlassen habe, was wird dann diese Dirne erst anstellen, wenn ich eine Weile abwesend bei meinem Bruder bin?» Darauf zog er sein Schwert und gab beiden im Bett den Todesstreich. Er kehrte dann sofort wieder um, gab Befehl zum Aufbruch und reiste fort und fort, bis er sich der Residenz seines Bruders näherte. Schahriyâr zog ihm, erfreut über seine Ankunft, entgegen und begrüßte ihn in höchster Freude; dann ließ er ihm zu Ehren die Stadt festlich schmücken, setzte sich an seine Seite und plauderte mit ihm fröhlich und vergnügt.

Der König Schahzamân gedachte jedoch des Vorfalls mit seiner Gattin, und der Kummer bedrückte ihn so heftig, daß er sich gelblich verfärbte und sein Körper sich verzehrte. Schahriyâr bemerkte es wohl, doch dachte er bei sich, die Ursache hiervon wäre die Trennung von seinem Lande und Königreiche; so ließ er ihn in Ruhe und befragte ihn nicht weiter.

Nach einiger Zeit jedoch sagte er zu ihm: «Mein Bruder, ich sehe, wie sich dein Körper verzehrt und wie deine Farbe immer gelblicher wird.» Er aber antwortete nur: «Ach, mein Bruder, ich leide an einer inneren Wunde» und erwähnte nichts von seiner Gattin. Schahriyâr meinte darauf: «Wie wär's, wenn du mit mir auf die Jagd zögest, vielleicht erheitert das dein Gemüt?» Schahzamân aber lehnte ab, und so zog sein Bruder allein auf die Jagd.

Nun befanden sich im Schlosse des Königs Schahzamân Fenster, welche auf den Garten seines Bruders hinausgingen. Da sah er plötzlich, wie sich das Schloßtor auftat und aus ihm zwanzig Sklavinnen und zwanzig Sklaven heraustraten, in deren Mitte in vollendeter Schönheit und Anmut die Gemahlin seines Bruders einherschritt. Sie begaben sich zu einem Springbrunnen, machten dort halt, legten ihre Kleider ab und setzten sich zueinander. Auf einmal rief die Gemahlin seines Bruders: «Mas'ûd!» Da kam ein schwarzer Sklave herbei und umarmte sie; desgleichen taten die übrigen Sklaven mit den Sklavinnen und hörten nicht eher auf, als bis der Tag sich neigte.

Als der Bruder des Königs dies sah, sprach er bei sich: «Bei Gott, mein Unglück ist leichter als dieses hier.» All sein Zorn und Kummer schwand, er aß und trank wieder und dachte: «Dies ist viel schlimmer, als was mir widerfahren ist.» Als nun der König Schahriyâr von seinem Ausfluge wieder heimgekehrt war und sie einander begrüßt hatten, sah er, daß sein Bruder Schahzamân seine Farbe wiederbekommen und sein Antlitz sich gerötet hatte und daß er, nachdem er zuvor nur wenig Speise und Trank zu sich genommen hatte, jetzt wieder mit Appetit aß. Er verwunderte sich darüber und sprach zu ihm: «Mein Bruder, vordem sah ich die Farbe deines Antlitzes gelb, jetzt aber hast du deine Farbe wiederbekommen; erzähle mir doch, wie das zugegangen ist.»

Schahzamân antwortete ihm: «Wie es kam, daß sich meine Farbe veränderte, will ich dir wohl erzählen; doch bescheide dich, nicht auch von mir zu erfahren, wie ich sie wiedererlangte.» Da sagte er zu ihm: «So erzähle mir zuerst, wie sich deine Farbe änderte und du siech wurdest, daß ich es höre.»

Nun erzählte er ihm: «Wisse, mein Bruder, als du deinen Wesir zu mir gesandt hattest, mich zu dir zu holen, und ich mich reisefertig gemacht hatte und schon aus der Stadt hinaus ins offene Feld gezogen war, fiel mir ein, daß ich den Edelstein, den ich dir zum Geschenk gemacht habe, im Schlosse vergessen hatte. Wie ich deshalb wieder umkehrte, fand ich im Bette bei meiner Gemahlin einen schwarzen Sklaven ruhen. Ich tötete beide und kam dann zu dir; doch mußte ich unausgesetzt an diesen Vorfall denken. Das ist's, warum sich meine Farbe änderte und mein Leib sich verzehrte; wie ich sie aber wiederbekam, laß ab, mich danach zu fragen.»

Als Schahriyâr seinen Bruder dies erzählen hörte, drang er in ihn und sprach: «Um Gott, ich beschwöre dich, erzähle mir, wie es kam, daß deine Farbe wiederkehrte.» Da erzählte er ihm alles, was er gesehen hatte. Schahriyâr sagte darauf: «Ich muß es mit eigenen Augen sehen.» So gab ihm Schahzamân den Rat: «Tue so, als ob du wieder einen Jagdzug unternehmen wolltest, und verbirg dich bei mir; dann wirst du es mit eigenen Augen sehen und dich davon überzeugen können.»

Da ließ der König sofort ausrufen, daß er wieder einen Ausflug unternehmen wolle; die Truppen zogen aus, die Zelte wurden vor die Stadt geschafft, und der König begab sich hinaus ins Lager. Dort angelangt, gab er seinen Pagen Befehl, niemanden vorzulassen, verkleidete sich dann und ging insgeheim in das Schloß seines Bruders, wo er sich an das Fenster setzte, das auf den Garten hinausging. Nach einer Weile betraten denn auch wieder die Sklavinnen mit ihrer Gebieterin und den Sklaven den Garten und verfuhren bis zum Abend in derselben Weise, wie es ihm sein Bruder erzählt hatte.

Bei diesem Anblick schwand dem König Schahriyâr der Verstand und er sprach zu seinem Bruder: «Komm, laß uns unseres Weges ziehen und uns nicht eher wieder um unser Reich bekümmern, als bis wir jemanden gefunden haben, dem ein Gleiches wie uns widerfahren ist. Wenn nicht, so ist der Tod für uns besser als das Leben.»

Schahzamân willigte sogleich ein, und so machten sich die beiden aus einer verborgenen Pforte des Schlosses auf den Weg und wanderten Tag und Nacht, bis sie zu einem Baum inmitten einer Wiese, bei welcher eine Quelle floß, am Gestade des Salzmeers anlangten. Sie tranken von der Quelle und ließen sich nieder, um sich auszuruhen.

Nach einer Weile begann das Meer plötzlich zu toben; eine schwarze Säule erhob sich aus ihm, stieg bis zum Himmel und kam dann gerade auf die Wiese zu. Als sie dessen gewahr wurden, erschraken sie und stiegen in den Wipfel des Baumes, der sehr hoch war, und beobachteten von dort, was aus der Sache werden wollte. Und siehe! da war's ein Dschinnî* von riesenhaftem Wuchse, mit breitem

* Die Araber kennen außer den aus Licht erschaffenen Engeln auch noch die aus Feuer erschaffenen Dschinn (Plural von Dschinnî), welche letztere zum Teil den Islam angenommen haben und infolgedessen den Menschen freundlich gesinnt sind. Die abtrünnigen Dschinn werden genauer in fünf Klassen eingeteilt, 1) die Mârid, die fürchterlichsten, 2) die Ifrît, 3) die Scheitân oder Teufel, 4) die Dschinn im engeren Sinne, 5) die Dschân; die beiden letzteren werden auch als Bezeichnung für die ganze Gattung gebraucht. Nur selten findet sich die Bezeichnung Ifrît auch für einen gläubigen und daher guten Dschinnî.

Haupt und weiter Brust, der auf dem Kopfe einen Kasten trug. Nun stieg er ans Land, kam gerade auf den Baum zu, auf welchem die beiden saßen, und ließ sich unter demselben nieder. Dann öffnete er den Kasten und holte eine Schachtel hervor; nachdem er auch diese geöffnet hatte, stieg ein Mädchen, schön und strahlend wie die leuchtende Sonne, heraus, wie der Dichter singt:

Auf ging sie in der Finsternis, da ward es Tag,
Und die Dämmerung ward erleuchtet von ihrem Licht.
Aus ihrem Glanze gehen die Sonnen auf,
Nachdem die Monde kamen und sich entschleierten.
Anbetend neigen sich alle Wesen vor ihr,
Wenn sie plötzlich erscheint und die Hüllen zerreißt.
Doch wettert sie Blitze aus ihrem Gehege,
Zerfließt der Himmel weinend in Regenströme.

Nun schaute sie der Dschinnî an und sprach zu ihr: «O du Herrin der edelgeborenen Frauen, die ich mir in der Brautnacht entführte, ich trage Verlangen, ein wenig zu schlafen.» Darauf legte er sein Haupt in ihren Schoß und schlief ein. Wie nun das Mädchen den Kopf hob und zum Gipfel des Baumes schaute, erblickte sie die beiden Könige, die dort oben saßen. Da legte sie das Haupt des Dschinnî von ihrem Schoß auf die Erde, trat unter den Baum und gab ihnen durch Zeichen zu verstehen, vom Baume herabzusteigen und sich nicht vor dem Ifrît zu fürchten. Sie riefen jedoch hinunter: «Um Gott, erlaß uns das!» Da drohte sie ihnen: «Bei Gott, steigt ihr nicht vom Baume herunter, so wecke ich den Ifrît, daß er euch auf die grausamste Weise umbringt.» Da erschraken sie und stiegen hinab. Sie trat nun zu ihnen heran und sagte: «Seid mir zu Willen, oder ich wecke den Ifrît.» Da sprach der König Schahriyâr zu seinem Bruder Schahzamân: «Mein Bruder, tu, was sie dich heißt»; Schahzamân hingegen sagte: «Nicht eher, als bis du es vor mir getan hast», und blinzelten einer dem anderen zu, den Anfang zu machen. Da sagte sie: «Was blinzelt ihr einander zu? Seid ihr mir nicht zu Willen, so wecke ich den Ifrît.» So gehorchten sie ihr denn aus Furcht vor dem Dschinnî, worauf sie aus ihrer Tasche einen Beutel zog und aus ihm eine Schnur, an der fünfhundertundsiebzig Siegelringe hingen. Dann fragte sie: «Wißt ihr, was diese Ringe bedeuten?» Sie antworteten: «Wir wissen es nicht.» Da sagte sie: «Die Besitzer dieser Ringe waren mir, ohne daß der Ifrît es merkte, zu Willen; so gebt mir nun auch eure beiden Ringe, ihr Brüder.» Als sie die Ringe vom Finger abgezogen und ihr gegeben hatten, sagte sie: «Seht, dieser Ifrît da hat mich in der Hochzeitsnacht entführt, mich in eine Schachtel gesperrt, hat dann die Schachtel in diesen Kasten gepackt und sieben Schlösser davorgelegt und mich auf den Grund des tosenden, wellenbrandenden Meeres versenkt, ohne zu wissen, daß wir Frauen alles, was wir wollen, auch durchsetzen, wie einer gesagt hat:

Bau nicht auf Weiber und Weiberschwüre!
Ihr Gefallen und Mißfallen hängt ab von ihres Schoßes Trieb.
Erlogene Liebe tragen sie zur Schau,
Doch Verrat ist ihres Rockes Futter.
*Nimm dir an Josephs Geschichte ein Beispiel,**
Daß du dich wahrst vor ihrer Listen Schlinge.
*Hat nicht Iblîs*** *um ihretwillen Adam vertrieben?*

Oder wie ein anderer sagt:

Enthalte dich des Tadels,
der morgen den Getadelten gestärkt hat,
Und nur die Sehnsucht zur heftigsten Liebe entflammt.

* Vgl. die Geschichte von Joseph und der Frau des Potiphar (Gen. 39,7–18).

** Iblîs ist Diabolus, der Teufel.

Wenn mich die Liebe in Banden schlug,
so geschah mir nichts anderes,
Als was vor mir seit Ewigkeit die Männer befiel.
Fürwahr, der Mann verdient die höchste Bewunderung,
Der den Stricken der Frauen unversehrt entging.»

Als sie diese Worte von ihr vernahmen, verwunderten sie sich über die Maßen und sprachen zueinander: «Wenn diesem, der doch ein Ifrît ist, Schlimmeres als uns widerfahren ist, so liegt für uns hierin ein Trost.»

Darauf verließen beide sie zur Stunde, kehrten in die Stadt des Königs Schahriyâr zurück und begaben sich wieder in sein Schloß. Dort angelangt, ließ der König Schahriyâr unverzüglich seiner Gemahlin, den Sklavinnen und den Sklaven den Kopf abschlagen. Dann ließ er sich eine Jungfrau bringen und ließ sie nach der Brautnacht hinrichten; und so verfuhr er drei Jahre lang, bis die Leute zu schreien anhoben und mit ihren Töchtern flohen, so daß in jener Stadt kein erwachsenes Mädchen mehr zu finden war. – Als nun der Wesir vom König wieder den Befehl erhielt, ihm wie gewohnt ein Mädchen zu bringen, und er vergebens nach einem gesucht hatte, ging er voll Zorn und Schmerz und in Furcht vor dem König nach Haus.

Nun hatte der Wesir zwei Töchter, beide schön, anmutig, entzückend und von ebenmäßigem Wuchs; der Name der älteren war Scheherezâde, der der jüngeren Dunyazâd. Die ältere hatte viele Bücher und Chroniken, die Lebensbeschreibungen der früheren Könige und die Geschichte der vergangenen Völker gelesen; es wird auch berichtet, daß sie tausend Bücher von den Chroniken, die von den vergangenen Völkern und verstorbenen Königen erzählten, und die Dichter gesammelt hatte. Dieselbe fragte nun ihren Vater: «Mein Vater, warum bist du so verändert, so voll Sorge und Kummer? Sagt nicht der Dichter:

Sprich zu dem Sorgenvollen: Nicht ewig währet die Sorge;
Gleichwie die Freuden nicht dauern,
muß auch die Sorge vergehn?»

Als der Wesir diese Worte seiner Tochter vernahm, erzählte er ihr von Anfang bis Ende alles, was ihm mit dem König widerfahren war. Da sagte sie: «Um Gott, mein Vater, vermähle mich mit dem König; entweder bleibe ich am Leben, oder ich opfere mich für die Töchter der Muslime auf und werde zur Ursache ihrer Errettung aus seinen Händen.» Der Wesir erwiderte jedoch: «Um Gott, nimmermehr! Willst du dein Leben aufs Spiel setzen?» Sie erklärte aber: «Es muß sein.» Da sagte er: «Ich fürchte, es möchte dir ebenso ergehen, wie es dem Esel und dem Ochsen mit dem Bauersmann erging.» Scheherezâde fragte: «Wie erging es denn den beiden, mein Vater?» Der Wesir erzählte:

Wie es dem Esel und dem Ochsen mit dem Bauersmann erging

«Wisse, meine Tochter, es war einmal ein Kaufmann, der besaß Hab und Gut und Vieh und hatte Weib und Kinder; außerdem aber hatte ihm Gott, der Erhabene, auch die Kenntnis der Sprache der Tiere und der Vögel verliehen. Dieser Kaufmann wohnte auf dem Lande und hatte in seinem Stall einen Esel und einen Ochsen.

Eines Tages kam der Ochs zum Platz des Esels und fand ihn gefegt und gesprengt; in der Krippe des Esels lag gesiebte Gerste und gesiebtes Häcksel, während der Esel selbst gemächlich dalag, da ihn sein Herr nur bisweilen, wenn er ein Geschäft zu besorgen hatte, bestieg und dann wieder heimkehrte. Da vernahm der Kaufmann, wie der Ochs zum Esel sagte: ‹Wohl bekomm's! Ich bin müde, du aber ruhst dich aus, hast gesiebte Gerste zu fressen und Diener, die dir aufwarten. Nur bisweilen reitet dein Herr auf dir aus, ich aber muß fortwährend pflügen und mahlen.›

Der Esel antwortete dem Ochsen: ‹Wenn du aufs Feld geführt wirst und man dir das Joch auf den Nacken legt, dann wirf dich nieder und steh nicht auf, auch wenn man dich schlagen sollte. Falls du aber aufstehen solltest, so wirf dich zum zweitenmal nieder; wenn man dich dann in den Stall zurückführt und dir Bohnen vorwirft, so friß sie nicht, als wärest du krank. Friß und sauf nicht ein, zwei oder drei Tage lang, dann wirst du dich von der Plackerei und Schinderei erholen können.‹

Der Kaufmann aber hörte dies Zwiegespräch.

Als nun der Knecht dem Ochsen das Futter brachte, fraß er nur sehr wenig davon, und als ihn der Knecht am anderen Morgen wieder zum Pflügen holen wollte, fand er ihn krank. Da sagte der Kaufmann: ‹Nimm den Esel, und pflüge anstelle des Ochsen mit ihm den ganzen Tag.› Der Knecht ging darauf wieder zum Stall zurück, nahm den Esel anstelle des Ochsen und pflügte mit ihm den ganzen Tag.

Als er des Abends heimkehrte, bedankte sich der Ochs bei dem Esel für seine Güte, weil er den ganzen Tag über hatte ruhen können. Der Esel gab ihm jedoch in bitterster Reue keine Antwort.

Am zweiten Tage kam der Bauer wieder, nahm den Esel und pflügte mit ihm bis zum Abend, so daß er mit zerschundenem Nacken und völlig ermattet nach Hause kam. Der Ochs betrachtete ihn aufmerksam, bedankte sich wieder bei ihm und lobte und pries ihn, der Esel aber sprach bei sich: ‹Ich saß in ungetrübtem Wohlleben, und nur mein Übermut brachte mir Unheil!› Dann sagte er zum Ochsen: ‹Hör zu, ich rate dir zum Guten; ich vernahm, wie unser Herr sagte: Wenn der Ochs nicht aufsteht, so gebt ihn dem Metzger, daß er ihn schlachte und aus seinem Leder eine

Decke mache. Ich bin um dich besorgt und rate dir deshalb zum Guten. Frieden sei mit dir!› Als der Ochs diese Worte vom Esel vernahm, dankte er ihm und sagte: ‹Morgen werde ich wieder mit ihnen hinausgehen›; dann fraß er sein Futter und leckte noch die Krippe aus.

Der Kaufmann aber, ihr Herr, hatte auch dieses Zwiegespräch mit angehört und ging deshalb mit seiner Frau frühmorgens in den Viehstall und setzte sich dort mit ihr nieder. Als nun der Knecht kam, um den Ochsen zu holen, und dieser seinen Herrn gewahrte, wedelte er mit dem Schwanz, ließ einen Wind streichen und sprang hin und her, worüber der Kaufmann so lachen mußte, daß er auf den Rücken fiel. Seine Frau fragte ihn: ‹Worüber lachst du?› Er antwortete: ‹Ich habe etwas gesehen und gehört, das ich aber nicht weitersagen darf, da ich sonst sterben muß.› Sie entgegnete ihm: ‹Du mußt mir den Grund deines Lachens angeben, auch wenn du sterben solltest.› Er erwiderte: ‹Ich kann es nicht, aus Furcht vor dem Tode.› Da sagte sie: ‹Du hast über mich und nichts anderes gelacht› und drängte und quälte ihn in einem fort, bis er verwirrt und schwach wurde. Er ließ seine Kinder kommen, den Kadi und die Zeugen rufen, um sein Testament zu machen und ihr dann das Geheimnis mitzuteilen und aus Liebe zu ihr zu sterben, da sie seines Vaterbruders Tochter und die Mutter seiner Kinder war und er auch schon hundertundzwanzig Jahre zählte.

Nachdem er nun seine ganze Familie und alle Nachbarn hatte zusammenrufen lassen, erzählte er ihnen seine Geschichte und sagte ihnen auch, daß er sterben müsse, wenn er mit irgend jemand über sein Geheimnis spräche. Da redeten alle Anwesenden auf seine Frau ein: ‹Um Gott, steh von deinem Verlangen ab, sonst stirbt dein Gatte, der Vater deiner Kinder.› Sie aber blieb dabei und sagte: ‹Ich gebe keine Ruhe, bis er es mir gesagt hat, auch wenn er sterben muß.› Da ließen sie sie in Ruhe, der Kaufmann aber stand auf und begab sich in den Viehstall, um die Waschung zu vollziehen und dann zurückzukehren, es ihnen mitzuteilen und zu sterben.

Nun besaß der Kaufmann auch einen Hahn, der fünfzig Hennen unter sich hatte, und einen Hund. Da hörte er, wie der Hund dem Hahn zurief, ihn schalt und sprach: ‹Du bist fröhlich, während unser Herr jetzt sterben muß?› Der Hahn entgegnete: ‹Warum denn?›, worauf ihm der Hund die ganze Geschichte erzählte. Darauf sagte der Hahn: ‹Bei Gott, unser Herr hat wenig Verstand. Ich habe fünfzig Frauen und stelle die eine zufrieden und erzürne die andere. Er aber hat nur eine einzige Frau und weiß sich nicht mit ihr zu helfen! Warum nimmt er sich denn nicht ein paar Maulbeerknittel, geht in ihre Kammer und prügelt sie so lange, bis sie tot umfällt oder bereut und ihn nach nichts mehr fragt?›

Als der Kaufmann dies Gespräch zwischen dem Hahn und dem Hund vernahm, kam er wieder zu Verstand, und er nahm sich vor, sie durchzuprügeln.

Vielleicht», sprach der Wesir zu seiner Tochter Scheherezâde, «verfahre ich mit dir ebenso wie der Kaufmann mit seiner Frau.» – «Und was tat er mit ihr?» fragte sie. Der Wesir antwortete: «Er begab sich zu ihr ins Zimmer, nachdem er sich einige Maulbeerknittel geschnitten und dieselben in der Kammer versteckt hatte, und sagte zu ihr: ‹Komm in die Kammer, damit ich es dir sage, wo mich keiner sieht, und ich dann sterbe.› Als sie nun mit ihm die Kammer betreten hatte, verriegelte er die Tür hinter sich und ihr und prügelte sie so lange, bis sie halb ohnmächtig niedersank und schrie: ‹Ich bereue› und ihm Hände und Füße küßte. Dann kamen beide wieder heraus, alle Anwesenden aber und ihre Familie freuten sich und lebten höchst glücklich bis an ihr Ende.»

Als die Tochter des Wesirs diese Erzählung ihres Vaters vernommen hatte, antwortete sie: «Es geht nicht anders, es muß sein.» Da schmückte er sie bräutlich und begab sich zum König Schahriyâr, während sie ihrer jüngeren Schwester ans Herz legte: «Wenn ich mich zum König begeben habe, werde ich nach dir schicken und dich holen lassen. Bist du dann zu mir gekommen, so sprich, wenn der König meiner nicht mehr bedarf: ‹Schwester, erzähle mir doch eine merkwürdige Geschichte, daß wir dabei wach bleiben.› Dann erzähle ich dir eine Geschichte, worin, so Gott will, die Errettung liegen wird.»

Hierauf begab sich ihr Vater, der Wesir, mit ihr zum König, der bei ihrem Anblick erfreut sagte: «Hast du gebracht, was ich wünschte?», worauf der Wesir antwortete: «Ja.»

Wie nun der König mit ihr das Lager teilen wollte, begann sie zu weinen, und er fragte sie: «Was fehlt dir?» Sie antwortete ihm: «Ach, mein König, siehe, ich habe noch eine jüngere Schwester, von der ich gern Abschied nehmen möchte.» Darauf ließ der König sie holen, und als sie zu ihrer Schwester gekommen war, umarmte sie sie und setzte sich am Fußende des Lagers nieder.

Als nun der König mit Scheherezâde geruht hatte und sie sich zum Plaudern setzten, hub die jüngere Schwester zur älteren an: «Um Gott, meine Schwester, erzähl uns doch eine Geschichte, daß wir dabei wach bleiben.» Scheherezâde antwortete: «Recht gern, wenn es mir dieser edle König gestattet.» Der König war hocherfreut, denn er fühlte sich aufgeregt, und sagte zu ihr: «Erzähle.» So begann dann Scheherezâde in der ersten Nacht und erzählte:*

* Hier folgt die Geschichte «Der Kaufmann und der Ifrît». Die «Geschichte Sindbads des Seefahrers» beginnt in der fünfhundertundsechsunddreißigsten Nacht.

GESCHICHTE SINDBADS DES SEEFAHRERS

In der Zeit des Kalifen, des Fürsten der Gläubigen Harûn ar-Raschîd, lebte in der Stadt Bagdad ein Mann namens Sindbad* der Lastträger, welcher in seiner ärmlichen Lage Lasten für Lohn auf seinem Kopfe trug. Einmal traf es sich, daß er eine schwere Last trug an einem Tag, da es sehr heiß war, und er schwitzte, so bedrückt von der Last und der Hitze. Auf seinem Wege kam er an der Tür eines Kaufmanns vorbei, vor welcher gekehrt und gesprengt war und vor der ein laues Lüftchen wehte; da aber neben der Tür auch eine breite Bank stand, setzte er seine Last auf die Bank nieder, um sich auszuruhen und Luft zu schöpfen.

Fünfhundertundsiebenunddreißigste Nacht

Als er nun dort rastete, kam ein wohliger Hauch und ein würziger Duft aus der Tür gezogen, der ihm wohltat; und als er sich deshalb auf die Kante der Bank setzte, hörte er im Hause süßes Saiten- und Lautenspiel, entzückenden Gesang und berückenden Vortrag, zu alledem die Vögel, lustig schmetternd und Gott, den Erhabenen, in allerlei Stimmen und Weisen lobpreisend, flöteten und girrten, wie Turteltauben, Sprosser, Amseln, Nachtigallen, Ringeltauben und Steinwälzer. Verwundert hierüber und von mächtigem Entzücken gepackt, trat er zur Tür und gewahrte nun in dem

* Im folgenden geben wir den Namen, wie er sich in aller Welt als Sindbad eingebürgert hat, wieder. Nach Theodor Benfey käme der Name vom sanskrit. «Siddhapati» = Herr der Weisen.

Hause einen großen Garten, in welchem er Pagen, Sklaven, Eunuchen, Diener und Dinge, wie man sie sonst nur bei Königen und Sultanen findet, erblickte; und der Duft von allerlei köstlichen und würzigen Speisen und das Aroma von feinen Weinen kam ihm entgegengezogen. Da erhob er den Blick gen Himmel und rief: «Preis Dir, o Herr, o Schöpfer und Versorger, der Du, wen Du willst, ohne zu rechnen versorgst! O Gott, ich flehe Dich an um Verzeihung für alle meine Sünden und kehre mich reuig zu Dir von all meinen Vergehen! O Herr, keinen Widerspruch gibt's gegen Deinen Spruch und Deine Allmacht, denn nicht hast Du Rede und Antwort zu stehen für Dein Tun, und Du hast Macht über alle Dinge! Preis Dir, Du machst reich, wen Du willst, und machst arm, wen Du willst, und es gibt keinen Gott außer Dir! Wie hoch und hehr ist Deine Majestät, wie kraftvoll Deine Herrschaft und wie schön Dein Walten! Deine Huld gewährst Du, wem du willst von Deinen Dienern, und so führt der Herr dieser Stätte ein Leben herrlich und in Freuden und ergötzt sich an lieblichen Wohlgerüchen, an köstlichen Speisen und herrlichen Weinen aller Art. Denn, fürwahr, für Deine Geschöpfe bestimmst Du, was Du willst und was Du für sie im voraus verhängt hast; so kommt es, daß die einen von ihnen müde sind, während die anderen ruhen, und daß die einen im Glück leben, während die anderen, wie ich, von Mühsal und Niedrigkeit schwer bedrückt sind.» Alsdann sprach er die Verse:

Wie viele Elende sind ohne Ruhe,
Und wie viele, die im Glück leben, ruhen sich im Schatten!
Ich selbst bin übermäßig geplagt,
Meine Lage ist seltsam und allzuschwer meine Last.
Andere leben im Glück und kennen das Elend nicht,
Und nie ladet das Schicksal ihnen Lasten wie die meinige auf.

Reichbeglückt leben sie ihr ganzes Leben lang
Und sind fröhlich und geehrt und sitzen bei Speise
und Trank.
Wohl entstehen alle Wesen aus einem Samentröpflein,
Ich bin wie er, und er ist wie ich,
Und doch ist ein großer Unterschied zwischen uns,
So wie der Wein vom Essig verschieden ist.
Doch tadle ich Dich nicht mit diesen Worten, o Gott
Denn Du bist weise und waltest in Gerechtigkeit.

Als Sindbad der Lastträger diese Verse gesprochen hatte und seine Last nun wieder aufladen und fortgehen wollte, erschien mit einem Male ein junger Page mit hübschem Gesicht, von schönem Wuchs und in prächtigen Kleidern in der Tür, trat auf ihn zu, faßte ihn bei der Hand und sprach zu ihm: «Komm herein, und entsprich meines Herrn Befehl, denn er läßt dich rufen.» Der Lastträger hätte es gern abgelehnt; da er es jedoch nicht vermochte, setzte er seine Last bei dem Pförtner im Flur nieder und folgte dem Pagen ins Haus, wobei er bemerkte, daß es ein hübsches, freundliches und doch vornehmes Haus war. In einen großen Saal blikkend, gewahrte er daselbst eine Gesellschaft edler und vornehmer Herren; in dem Raum befanden sich allerlei Blumen und wohlriechende Kräuter, frisches und getrocknetes Obst, eine Menge kostbarer Gerichte allerlei Art und Weine von den erlesensten Reben, und schöne Mädchen sangen und musizierten. Jeder der Gäste saß, nach seinem Rang geordnet, auf seinem Platz, und auf dem Ehrenplatz saß ein edler und verehrungswürdiger Mann von hübscher Gestalt und schöner, majestätischer, würde- und hoheitsvoller Erscheinung, dessen Bart an den Wangen bereits ergraut war. Als Sindbad der Lastträger alles dies erschaute, sprach er verwirrt bei sich: «Bei Gott, diese Stätte ist ein Stück vom Paradiese oder wenigstens das Schloß eines Königs oder Sultans.» Alsdann grüßte er die Anwesenden höflich, wünschte ihnen Segen und küßte die Erde vor ihnen, worauf er demütig und zu Boden gesenkten Hauptes dastand.

Fünfhundertundachtunddreißigste Nacht

Der Hausherr ließ ihn näher treten und gab ihm Erlaubnis, sich zu setzen; und als er sich gesetzt hatte, sprach er freundlich zu ihm, hieß ihn willkommen und setzte ihm prächtige, wohlschmeckende und köstliche Speisen aller Art vor, worauf der Lastträger sich an dieselben machte und nach der Bismillâh* aß, bis er genug hatte und satt geworden war; dann sprach er die Worte: «Gelobt sei Gott in jedem Fall!», wusch sich die Hände und bedankte sich bei ihnen. Der Hausherr erwiderte ihm: «Es ist gern geschehen, und gesegnet ist dein Tag; doch sag mir, wie du heißest und was für ein Handwerk du treibst.» Er antwortete ihm: «Mein Herr, mein Name ist Sindbad der Lastträger, und ich trage die Sachen der Leute auf dem Kopf für Lohn.» Da lächelte der Hausherr und sagte zu ihm: «Wisse, o Lastträger, dein Name lautet wie der meinige, denn ich bin Sindbad der Seefahrer; jedoch wünsche ich, o Lastträger, daß du mich die Verse, die du draußen vor der Tür sprachst, hören lässest.» Verlegen antwortete der Lastträger: «Um Gott, ich beschwöre dich, nimm mir's nicht übel, denn Müdigkeit, Plackerei und leere Hände lehren den Menschen unziemliches Benehmen und Unverschämtheit.» Der Hausherr erwiderte ihm jedoch: «Schäme dich nicht, denn du bist mein Bruder geworden; sprich getrost die Verse, da sie mir gefielen, als ich sie von dir vernahm, wie du sie draußen vor der Tür hersagtest.» So trug denn der Lastträger die Verse vor, und der Hausherr,

* «Im Namen Gottes»; diese Formel leitet alle Suren des Koran (außer der 19.) und jedes Schriftstück ein; der fromme Muslim spricht sie auch vor jeder wichtigen Tätigkeit aus.

dem sie gefielen, sagte entzückt zu ihm: «O Lastträger, wisse, meine Geschichte ist wunderbar, und ich will dir erzählen, was ich alles erlebte und was mir widerfuhr, bis ich zu diesem Glück gelangte und an dieser Stätte, an der du mich hier siehst, sitzen durfte. Denn siehe, zu diesem Reichtume gelangte ich erst nach schweren Plagen und Drangsalen und nach vielen Schrecknissen, und wie viel Plage und Kummer hab ich in früheren Tagen erduldet! Sieben Reisen machte ich, und jede Reise hat ihre wunderbare Geschichte, die wohl des Menschen Gedanken verwirren kann; doch alles dies geschah nach dem Schicksal und Verhängnis, denn vor dem, was einmal geschrieben steht, gibt's kein Asyl und kein Entkommen.

SINDBADS ERSTE REISE

Wisset, ihr edlen Herren, mein Vater war ein Kaufmann, einer der Großen unter dem Volk und in seiner Zunft, und reich an Geld und Gut; er starb, als ich noch ein kleiner Bursche war, und hinterließ mir Geld, Felder und Landgüter. Als ich nun groß geworden war, legte ich meine Hand an all mein Gut, schmauste leckere Gerichte, zechte edle Weine, kleidete mich in die feinsten Gewänder und spazierte mit meinen Freunden und Gefährten, im guten Glauben, es müsse immer so bleiben und mir zum besten dienen. In dieser Weise hatte ich bereits geraume Zeit gelebt, als ich zur Besinnung kam und, aus meiner Sorglosigkeit zu mir kommend, sah, daß Geld und Glanz zerstoben und verblichen waren und daß all mein Gut in die weite Welt gewandert war. Erschrocken und bestürzt besann ich mich auf einen Ausspruch unseres Herrn Salomo, des Sohnes Davids – Frieden auf beide! –, den ich zuvor einmal vernommen hatte und der da lautet: Drei Dinge sind besser als drei andere Dinge: Der Todestag ist besser als der Geburtstag, ein lebendiger Hund ist besser als ein toter Löwe, und das Grab ist besser als der Palast.* – Alsdann erhob ich mich, packte all meinen Hausrat und meine Sachen zusammen und verkaufte sie; hierauf verkaufte ich meine Ländereien und alles, was ich besaß, und brachte

* Prediger 7,1 und 9,4. Der dritte Spruch findet sich nicht in den sogenannten salomonischen Büchern des Alten Testaments.

dreitausend Dirham* zusammen, mit denen ich ins Land der Menschen zu reisen beschloß, indem ich mich des Dichterwortes erinnerte, das da lautet:

Wer Hohes erstrebt, muß sich mühen auf Erden;
Wer nach Ruhm verlangt, verbringt die Nächte ohne Schlaf;
Wer Perlen sucht, muß tauchen ins Meer,
Und Herrschaft und Gewinn belohnt seine Müh'.
Wer aber Ruhm begehrt und die Mühe scheut,
Der vertut sein Leben mit unerfüllbaren Wünschen.

So erhob ich mich denn mit festem Entschluß, kaufte mir Waren, Güter und Handelsartikel und mancherlei für die Reise notwendige Dinge und schiffte mich, da ich nach einer Seereise Verlangen trug, mit einer Gesellschaft Kaufleute nach der Stadt Basra ein. Von dort segelten wir Tage und Nächte lang übers Meer und zogen von einer Insel zur anderen, von Meer zu Meer und von Land zu Land, überall, wo wir anlegten, kaufend, verkaufend und Tauschhandel treibend, bis wir auf unserer Fahrt zu einer Insel gelangten, die einem der Gärten des Paradieses glich. Der Kapitän ging hier mit uns vor Anker und warf, nachdem das Schiff Anker gelegt hatte, die Landungsplanke aus, worauf alle Leute, die sich auf dem Schiff befanden, an Land gingen und sich Feuerherde** machten, in denen sie Feuer anzündeten. Während sich nun alle in ihrer Weise zu schaffen machten, indem die einen kochten, die anderen wuschen und wieder andere, zu denen auch ich gehörte, sich auf der Insel ergingen, die Passagiere aber bereits beisammensaßen und aßen, tranken und allerlei Kurzweil trieben, rief mit einem Male der Kapitän hoch vom Schiffsbord aus, so laut

* Von griech. *drachme*; Silbermünze.

** Solche Feuerherde bestehen für gewöhnlich aus Töpfen mit Kohlen, die in die Erde gesenkt werden.

er konnte: ‹Ihr Passagiere, rettet euer Leben, kommt, so schnell ihr könnt, aufs Schiff, laßt all eure Sachen stehen und liegen und rettet euch eiligst vor dem Verderben! Die Insel, auf der ihr euch befindet, ist keine wirkliche Insel, sie ist ein großer, mitten im Meere still ruhender Fisch, auf dem sich der Sand abgelagert hat, so daß seit langer Zeit Bäume auf ihm gewachsen sind und er einer Insel gleicht. Als ihr das Feuer angezündet habt, spürte der Fisch die Hitze und rührte sich; und sogleich wird er mit euch ins Meer tauchen, und ihr werdet allzumal ertrinken. Rettet euch, bevor es zu spät ist!›

Fünfhundertundneununddreißigste Nacht

Als die Passagiere die Worte des Kapitäns vernahmen, eilten sie um die Wette aufs Schiff und ließen ihre Waren, ihre Kleider, ihre Wäsche und ihre Feuertöpfe stehen und liegen; doch hatte erst ein Teil derselben das Schiff erreicht, als plötzlich die Insel wankte und mit allem, was sich darauf befand, in die Tiefe des Meeres versank, worauf die Wogen gurgelnd und brausend über ihr zusammenschlugen. Auch ich hatte zu den auf der Insel Zurückgebliebenen gehört und war mit ihnen versunken, doch rettete mich Gott, der Erhabene, vor dem Ertrinken, indem er mir einen der großen Zuber, in denen sie gewaschen hatten, in den Weg warf. Um der Süßigkeit des Lebens willen packte ich ihn, setzte mich rittlings darauf und arbeitete mit den Füßen wie mit Rudern im Wasser, während die Wogen mit mir ihr Spiel trieben und mich nach rechts und links schleuderten. Inzwischen aber hatte der Kapitän die Segel aufgezogen und fuhr mit denen, die sich aufs Schiff gerettet hatten, weiter, ohne sich um die Versunkenen zu bekümmern. Ich folgte dem Schiff mit dem Blick so lange, bis es meinen Augen entschwand und ich meines Untergangs gewiß war. In solcher Lage brach die Nacht über mich herein, und noch einen Tag und eine Nacht trieb ich auf dem Meer dahin, bis mich Wind und Wellen gnädiglich an den Strand einer hohen Insel warfen, deren Bäume ihre Zweige übers Meer streckten. Ich packte den Ast eines hohen Baumes und zog mich ans Land, nachdem ich bereits den Untergang vor Augen gehabt hatte. Als ich nun aber den festen Boden der Insel unter mir hatte, zeigte sich, daß meine Füße erstarrt und an den Sohlen von den Fischen benagt waren, ohne daß ich es in dem Übermaß meiner Kümmernis und Ermattung bemerkt hatte. Wie ein Toter warf ich mich auf die Insel nieder und verlor, in Betäubung versinkend, das Bewußtsein; erst als die Sonne am anderen Tage aufging, erwachte ich wieder und sah nun, daß meine Füße geschwollen waren und daß ich mich in einer elenden Lage befand. Da sich aber auf der Insel viele Früchte und süße Quellen befanden, bewegte ich mich zu denselben, bald kriechend, bald auf den Knien rutschend, und lebte in dieser Weise eine geraume Zeit von Tagen und Nächten von den Früchten, bis sich meine Seele wieder erhob, meine Lebensgeister wiederkehrten und ich mich wieder besser zu bewegen vermochte. Ich begann nun zu überlegen und durchwanderte die Insel, indem ich mich unter den Bäumen an allem, was Gott, der Erhabene, dort geschaffen hatte, ergötzte, gestützt auf einen Stab, den ich mir von jenen Bäumen abgeschnitten hatte. In dieser Weise verbrachte ich die Zeit, bis ich eines Tages am Strand der Insel entlanggging und in der Ferne etwas erblickte; im Glauben, es wäre ein wildes Tier oder eines der Meerungeheuer, schritt ich, das Ding stets im Auge behaltend, darauf zu, und siehe, da war es ein prachtvolles Pferd, eine Stute, welche am Strand der Insel dicht am Meeresgestade angebunden war. Wie ich nun aber an sie herantrat, stieß sie einen so gewaltigen Schrei gegen mich aus, daß ich erschrocken umkehren wollte, als mit einem Male ein Mann aus der Erde emportauchte und mir nachfolgte, indem er mich anschrie und rief: ‹Wer bist du, woher kommst du, und weshalb hast du diesen Ort aufgesucht?› Ich antwortete ihm: ‹Mein Herr, wisse, ich bin ein Fremdling, der zu Schiff reiste und mit mehreren anderen der Schiffspassagiere ins Wasser fiel; doch bescherte mir Gott einen Zuber, und ich setzte mich rittlings auf ihn und wurde von ihm getragen, bis mich die Wellen an diese Insel warfen.› Als er meine Worte vernommen hatte, faßte er mich bei der Hand und sagte: ‹Komm mit mir.› Da folgte ich ihm, worauf er mit mir zu einem unterirdischen Raum hinabstieg und mich in einen großen Saal führte, wo er mir den Ehrenplatz anwies. Dann brachte er mir etwas zu essen, und da ich hungrig war, aß ich so lange, bis ich mich gesättigt und gestärkt hatte. Alsdann erkundigte er sich nach mir und meinen Erlebnissen, und ich erzählte ihm alles, was mich anging, von Anfang bis zum Ende. Er verwunderte sich über meine Erzählung, ich aber sagte zu ihm, als ich meinen Bericht geendet hatte: ‹Um Gott, mein Herr, nichts für ungut! Nachdem ich dir der Wahrheit gemäß alles, was mich angeht und was mir widerfuhr, erzählt habe, möchte ich gern auch von dir hören, wer du bist, warum du hier in diesem Saal unter der Erde sitzest und weshalb du jene Stute am Meeresstrand angebunden hast.› Er versetzte: ‹Wisse, ich gehöre zu einem ganzen Trupp, der über die Insel verteilt ist; wir sind die Stallknechte des Königs Mihrdschân, und unter unserer Hand stehen alle seine Pferde. Jeden Monat aber zur Zeit des Neumonds bringen wir unsere besten Stuten hierher, die noch nicht gedeckt sind, und binden sie am Strand dieser Insel fest, worauf wir uns in diesem unterirdischen Raum hier verbergen, damit uns niemand zu Gesicht bekommt. Die Seehengste wittern dann die Stuten und steigen ans Land, und wenn sie niemand erspähen, bespringen sie die Stuten und stillen ihr Begehr an ihnen. Wenn sie dann wieder heruntersteigen, versuchen sie, die Stuten mit sich zu nehmen; da die Stuten aber wegen der Stricke nicht mit ihnen fortlaufen können, stoßen sie dieselben mit ihrem Kopf und schlagen sie mit den Hufen und schreien und wiehern laut. Sobald wir nun ihr Geschrei hören, wissen wir, daß sie von den Stuten gestiegen sind, und eilen schreiend aus unserem unterirdischen Aufenthalt auf sie zu, so daß sie sich erschrocken ins Meer stürzen; die Stuten aber werden von ihnen schwanger und bringen Füllen, Hengste und Stuten, zur Welt, die eine Chasne Geld wert sind und derengleichen man auf dem ganzen Angesicht der Erde nicht wieder findet. Jetzt aber ist gerade die Zeit, zu welcher die Hengste aus der See steigen, und so Gott, der Erhabene, will, nehme ich dich mit mir zum König Mihrdschân

Fünfhundertundvierzigste Nacht

und zeige dir unser Land. Und wisse, wärest du uns nicht begegnet, du hättest hier niemanden gesehen und wärest elendiglich umgekommen, ohne daß jemand etwas von dir erfahren hätte; ich will jedoch die Ursache deiner Rettung und Heimkehr sein.› Ich erflehte ihm Segen und dankte ihm für seine Güte und Freundlichkeit; während wir aber noch miteinander redeten, stieg ein Seehengst aus der Flut empor und besprang mit einem gewaltigen Schrei die Stute. Als er sein Begehr an ihr gestillt hatte, stieg er herunter und wollte sie mitnehmen, vermochte es jedoch nicht; und die Stute schlug nach ihm aus und schrie. Da nahm der Stallknecht ein Schwert und einen Schild in die Hand und eilte aus der Tür des unterirdischen Raumes hinaus, schlug mit dem Schwert an den Schild, rief seine Gefährten und schrie: ‹Vorwärts! Über den Hengst her!› Da kam ein ganzer Trupp, schreiend und die Lanzen schwingend, hervor, worauf der Hengst erschreckt davongaloppierte, sich wie ein Büffel ins Meer stürzte und im Wasser verschwand.

Alsdann setzte sich der Stallknecht ein wenig, bis seine Gefährten herangekommen waren, von denen ein jeder eine Stute führte. Als sie mich bei ihm gewahrten, fragten sie mich, wer ich sei und was ich hier wolle, und ich erzählte ihnen noch einmal meine Geschichte. Da kamen sie nahe zu mir und breiteten das Tischtuch aus, worauf sie aßen und mich zum Mahl einluden. Als ich nun mit ihnen gegessen hatte, erhoben sie sich, bestiegen ihre Pferde und nahmen mich mit sich, indem sie auch mich auf einer der Stuten reiten ließen. So zogen wir fort und ritten ohne Aufenthalt, bis wir zur Stadt des Königs Mihrdschân gelangten, dem die Stallknechte meine Geschichte erzählten. Der König verlangte nach mir, und als sie mich zu ihm geführt und vor ihn gestellt hatten, begrüßte ich ihn, worauf er mir den Salâm* erwiderte und mich mit dem Wunsch für ein langes Leben herzlich willkommen hieß. Dann fragte er mich nach meiner Geschichte, und als ich ihm alles, was mir widerfahren war und was ich geschaut hatte, von Anfang bis zum Ende erzählt hatte, verwunderte er sich über meine Abenteuer und Erlebnisse und sagte: ‹O mein Sohn, bei Gott, du bist wunderbarlich errettet; und wäre deine Lebenszeit nicht lange bemessen, du wärest aus diesen Drangsalen nicht entronnen; jedoch, gelobt sei Gott für deine Rettung!› Hierauf nahm er mich freundlich und ehrenvoll auf und zog mich mit huldreichen und gütigen Worten in seine Nähe; außerdem aber machte er mich zum Hafenmeister und Registrator aller einlaufenden Schiffe. Ich wartete ihm von nun an regelmäßig auf zur Erledigung seiner Anliegen, und er bezeugte mir seine Huld und tat mir Gutes nach jeder Seite hin und kleidete mich auch in ein hübsches und kostbares Gewand. So kam es, daß ich ihm die Anliegen des Volkes übermittelte und für Bittgesuche

* «Friede!»; traditioneller islamischer Gruß.

Fürsprache einlegte. Lange Zeit lebte ich in dieser Weise bei ihm, sooft ich aber zum Hafen ging, erkundigte ich mich bei den reisenden Kaufleuten und den Schiffsleuten nach der Stadt Bagdad, ob mir vielleicht jemand von ihr Auskunft geben und ich mit ihm heimziehen könnte; doch niemand wußte etwas von ihr, und keiner konnte mir auch einen nennen, der dorthin zöge. Dies hatte schon so lange gedauert, daß ich ganz niedergeschlagen und meiner Fremdlingschaft überdrüssig geworden war, als ich mich eines Tages wieder zum König Mihrdschân begab und beim Eintreten eine Anzahl Inder bei ihm fand. Nachdem wir den Salâm miteinander getauscht hatten, hießen sie mich willkommen und fragten mich nach meiner Heimat.

Fünfhundertundeinundvierzigste Nacht

Ich gab ihnen Auskunft und fragte sie dann nach ihrem Lande, worauf sie mir antworteten, sie gehörten zu verschiedenen Kasten und einige von ihnen hießen Schakirîya;* sie seien die edelsten ihrer Kasten, die keinem, sei es durch Unterdrückung oder Gewalt, etwas zuleide tun; andere wiederum hießen Brahmanen und seien Leute, die niemals Wein tränken, ganz in Freuden, Heiterkeit und Kurzweil lebten und Kamele, Pferde und Vieh besäßen. Ferner erzählten sie mir, das Volk der Inder zerfiele in zweiundsiebzig Kasten, worüber ich mich außerordentlich verwunderte. Außerdem sah ich im Reiche des Königs Mihrdschân unter den anderen Inseln auch eine namens Kâbil, wo man während der ganzen Nacht Trommeln und Tamburine hörte, doch erzählten uns die Bewohner der Inseln und die Reisenden, daß das Volk dort fleißig und verständig sei. In jenem Meere sah ich auch einen Fisch von zweihundert

* Wahrscheinlich sind die Kschatrija, die Kriegerkaste der alten Inder, gemeint.

Ellen Länge und einen anderen mit einem Eulenkopf nebst vielen anderen Wunderdingen und Merkwürdigkeiten, von denen zu erzählen zu lange Zeit in Anspruch nehmen würde. So hörte ich nicht auf, jene Inseln mit allem, was auf ihnen lebte und webte, zu besichtigen, bis ich eines Tages wieder wie gewöhnlich mit einem Stabe am Meeresstrande stand, als mit einem Male ein großes Schiff mit einer Menge Kaufleute angesegelt kam. Als es in den Stadthafen eingelaufen und an den Ankerplatz gelangt war, rollte der Kapitän die Segel ein, machte fest und ließ die Landungsplanke herab, worauf die Matrosen alle Güter, die das Schiff geladen hatte, ans Land schafften, während ich dabeistand und sie registrierte. Da sie aber sehr lange zum Löschen der Ladung brauchten, fragte ich den Schiffsherrn: ‹Ist noch etwas in deinem Schiff?› Er antwortete: ‹Ja, mein Herr; im Laderaum befinden sich noch Waren, deren Besitzer unterwegs bei einer der Inseln ertrunken ist; wir wollen sie nun verkaufen und ihren Preis aufzeichnen, um den Erlös seinen Angehörigen nach Bagdad, der Stätte des Friedens, zu bringen.› Nun fragte ich den Kapitän: ‹Wie ist der Name des Eigentümers der Waren?› Und er antwortete: ‹Er heißt Sindbad der Seefahrer und ist vor unseren Augen im Meer ertrunken.› Als ich seine Worte vernahm, blickte ich ihn scharf an, und ihn erkennend stieß ich einen lauten Schrei aus und rief: ‹O Kapitän, wisse, ich bin der Eigentümer der von dir erwähnten Waren; ich bin Sindbad der Seefahrer, der mit den anderen Kaufleuten vom Schiff auf diese Insel gestiegen war. Als sich der Fisch rührte, auf dem wir uns befanden, und als du uns riefst, da rettete sich, wer konnte, während die anderen, zu denen auch ich gehörte, versanken. Gott, der Erhabene, bewahrte mich jedoch und errettete mich von dem Ertrinken, indem er mir einen der großen Zuber, in denen die Passagiere gewaschen hatten, in den Weg trieb; ich setzte mich auf ihn und ruderte mit meinen Füßen, und Wind und Wellen halfen mir, bis ich an diese Insel gelangte und an ihren Strand stieg, wo ich mit Gottes, des Erhabenen, Beistand den Stallknechten des Königs Mihrdschân begegnet bin, die mich dann mitgenommen und in diese Stadt gebracht haben. Von ihnen vor den König Mihrdschân geführt, erzählte ich ihm meine Geschichte, und der König war huldreich gegen mich und machte mich hier in dieser Stadt zum Hafenmeister, und ich fand ein gutes Fortkommen in seinem Dienst und fand Gnade vor ihm. Die Waren, die du bei dir hast, sind daher meine Waren und mein Eigentum.›

Fünfhundertundzweiundvierzigste Nacht

Als der Kapitän dies von mir vernahm, rief er: ‹Es gibt keine Macht und keine Kraft außer bei Gott, dem Hohen und Erhabenen! Unter den Menschen ist weder Treu noch Glauben vorhanden.› Da sagte ich zu ihm: ‹Kapitän, was sollen diese Worte, wo du meine Geschichte von mir vernommen hast?› Der Kapitän erwiderte: ‹Du hörtest mich sagen, daß bei mir Waren sind, deren Eigentümer ertrunken ist, und nun willst du sie dir widerrechtlich aneignen; doch ist dir dies verwehrt, denn wir sahen ihn mit eigenen Augen nebst vielen anderen Passagieren ertrinken, von denen sich kein einziger rettete; wie also willst du behaupten, daß du der Eigentümer der Waren bist?› Ich versetzte nun: ‹O Kapitän, höre meine Geschichte, und merke auf meine Worte, welche dir die Wahrheit beweisen werden; und die Lüge ist der Heuchler Merkzeichen.› Hierauf erzählte ich dem Kapitän alles, was ich getan hatte, seitdem ich mit ihm von der Stadt Bagdad fortgezogen war bis zu unserer Ankunft bei jener vermeintlichen Insel, mit der wir versanken, und erwähnte auch einige Dinge, die zwischen uns beiden vorgefallen waren, so daß der Kapitän und die Kaufleute nunmehr von der Wahrheit meiner Worte überzeugt waren und, mich erkennend und mir zu meiner Rettung Glück wünschend, sprachen: ‹Bei Gott, wir haben nicht an deine Rettung geglaubt, doch hat dir Gott ein neues Leben geschenkt.› Hierauf übergaben sie mir die Ballen, die noch vollzählig vorhanden waren und meinen Namen trugen. Ich öffnete sie, nahm einige kostbare und teure Gegenstände heraus und ließ sie von den Matrosen dem König als Geschenk vorlegen, wobei ich ihm erzählte, dies sei das Schiff, auf dem ich mich befunden habe; alle meine Waren seien vollzählig und unversehrt eingetroffen und diese Dinge habe ich ihm als Geschenk auserlesen. Der König verwunderte sich hierüber aufs äußerste und ersah, daß ich ihm in allem die Wahrheit berichtet hatte; seine Liebe zu mir wuchs noch mehr, und er ehrte mich über die Maßen und machte mir ein reiches Gegengeschenk. Hierauf verkaufte ich alle meine Lasten und sonstigen Waren mit großem Profit und kaufte mir neue Güter, Waren und Handelsartikel aus jener Stadt, und als die Kaufleute wieder absegeln wollten, verschiffte ich all mein Gut und suchte den König auf, um ihn, nachdem ich mich für seine Huld und Güte bedankt hatte, um Erlaubnis für die Fahrt in meine Heimat und zu meinen Angehörigen zu bitten. Der König nahm Abschied von mir und schenkte mir bei der Abreise vielerlei von den Erzeugnissen seiner Stadt; dann sagte ich ihm Lebewohl und stieg aufs Schiff, worauf wir mit der Erlaubnis Gottes, des Erhabenen, abreisten; Glück und Geschick waren uns günstig und dienten uns, und so segelten wir ununterbrochen Tag und Nacht, bis wir wohlbehalten nach der Stadt Basra gelangten, wo wir an Land gingen und uns kurze Zeit verweilten, ich selbst erfreut über meine Rettung und Heimkehr. Alsdann machte ich mich mit einer großen Menge von Lasten, Gütern und Waren von hohem Wert nach Bagdad, der Stätte des Friedens, auf und betrat, in meinem Viertel angelangt, mein Haus, wo alle meine Angehörigen und meine Freunde zur Begrüßung erschienen. Hierauf kaufte ich mir Eunuchen, Diener, Mamluken,* Beischläferinnen und schwarze Sklaven, bis ich ein großes Anwesen hatte; dann kaufte ich mir mehr Häuser, Grundstücke und Ländereien, als ich zuvor besessen hatte, pflegte wieder mit meinen Freunden und Gefährten noch lustigeren Umgang und Verkehr als zuvor und vergaß all der Mühsal, Fremdlingschaft, Drangsal und der Schrecken der Fahrt, indem ich herrlich und in Freuden und bei lekkeren Speisen und köstlichen Weinen tagaus, tagein meine Zeit verbrachte. So viel, was meine erste Reise anlangt; morgen aber, so Gott, der Erhabene, will, erzähle ich euch die Geschichte der zweiten von meinen sieben Reisen.»

Hierauf ließ Sindbad der Seefahrer Sindbad den Landmann bei sich zur Nacht essen und wies ihm hundert Goldmithkâl** an, indem er zu ihm sprach: «Du hast uns am heutigen Tage mit deiner Gesellschaft erfreut.» Der Lastträger dankte ihm und ging, nachdem er sein Geschenk an sich genommen hatte, über all die Abenteuer und Erlebnisse der Menschen in Gedanken versunken und sich höchlichst verwundernd, seines Weges. Die Nacht über schlief er in seiner Wohnung, am nächsten Morgen aber in der Frühe begab er sich wieder zum Hause Sindbads des Seefahrers. Bei seinem Eintreten hieß ihn dieser aufs beste willkommen und wies ihm den Platz an seiner Seite an. Als dann seine anderen Freunde vollzählig erschienen waren, setzte er ihnen Speise und Trank vor, und als sie sich nun zu guter Stunde und in heller Lust befanden, ergriff Sindbad der Seefahrer das Wort und sprach:

* Bezeichnung für weiße Sklaven meist türkischer Herkunft (im Gegensatz zu schwarzen Sklaven), später auch Name einer Dynastie in Ägypten.

** Mithkâl: Gewichtseinheit (4,68 Gramm).

SINDBADS ZWEITE REISE

«Wisset, meine Brüder, so führte ich, wie ich es euch gestern erzählte, ein Leben herrlich und in Freuden,

Fünfhundertunddreiundvierzigste Nacht

bis es mich eines Tages wieder überkam, ins Land der Menschen zu reisen, und meine Seele von Sehnsucht erfaßt wurde, Handel zu treiben, Geld zu verdienen und die Städte und Inseln zu schauen. So holte ich einen Haufen Geld hervor, kaufte die für eine Reise erforderlichen Waren und Handelsartikel ein und verpackte sie in Ballen; dann begab ich mich an den Hafen, und als ich dort ein hübsches und neues, reichbemanntes, wohlausgerüstetes und mit Segeln aus schönem Linnen versehenes Schiff fand, ließ ich auf dasselbe meine Lasten verladen und segelte noch am selben Tage zusammen mit einer Anzahl Kaufleute fort. Wir hatten eine gute Fahrt und zogen ununterbrochen von Meer zu Meer und von Insel zu Insel, und überall, wo wir beilegten, trafen wir auf die Kaufleute, die Großen des Reiches und Käufer und Verkäufer, und wir kauften und verkauften daselbst und trieben Tauschhandel. In dieser Weise trieben wir es, bis wir vom Geschick zu einer hübschen, reich mit Bäumen bestandenen Insel gelangten, auf welcher die Früchte in scharlachner Reife schimmerten, die Blumen dufteten, die Vögel in süßen Weisen sangen und der Bäche Spiegel flimmerten, doch war keine Sterbensseele* auf ihr

* Wörtlich: «kein Feueranbläser», ein sprichwörtlicher Ausdruck, die gänzliche Unbewohntheit bezeichnend.

zu entdecken. Der Kapitän ging an dieser Insel mit uns vor Anker, und die Kaufleute und Passagiere stiegen auf die Insel, lustwandelten unter den Bäumen, lauschten dem Gesang der Vögel, lobpreisten Gott, den Einigen, den Allbezwinger, und bewunderten die Allmacht des allgewaltigen Königs. Auch ich stieg mit den anderen ans Land und setzte mich an einen klaren Quell, der unter den Bäumen floß, und aß daselbst, da ich etwas zum Essen mitgenommen hatte, von der Gabe, die Gott, der Erhabene, mir hatte zuteil werden lassen. Der Wind aber wehte dort so wohlig und lind, und ich fühlte mich so leicht und froh, daß mich Schläfrigkeit überkam und ich dort ruhte und in tiefen Schlaf versank. So genoß ich den wohligen Windhauch und den würzigen Duft; als ich mich jedoch wieder erhob, fand ich daselbst weder Menschen noch Dschinn, denn das Schiff war mit allen Passagieren davongesegelt, ohne daß sich irgend jemand von den Kaufleuten oder den Matrosen meiner entsonnen hätte. In dieser Weise von ihnen auf der Insel zurückgelassen, wendete ich mich nach rechts und links; da ich jedoch außer mir selbst kein menschliches Wesen wahrnahm, wurde ich von dem heftigsten Schmerz erfaßt, daß mir beinahe vor Sorge und Trauer und Trübsal die Gallenblase geplatzt wäre, zumal da ich weder etwas von irdischen Habseligkeiten noch Speise und Trank bei mir hatte. In meiner Verlassenheit sprach ich, in meiner Seele müde und am Leben verzweifelnd: ‹Nicht alleweil bleibt der Krug heil; bin ich auch das erste Mal mit dem Leben davongekommen und traf jemand an, der mich von der Insel mit sich mitnahm und mich zu Menschen in eine kultivierte Gegend brachte, so steht es doch diesmal in weitem, weitem Felde, daß ich jemanden finde, der mich in ein bewohntes Land bringt.› Hierauf fing ich an, mein Los zu beweinen und zu bejammern, bis ich in Wut geriet und mir Vorwürfe machte, daß ich mich wieder auf die Plagen der

Reise eingelassen hatte, da ich doch ruhig zu Hause und daheim gesessen hatte und mir's bei feinen Speisen, feinen Weinen und feinen Kleidern hatte gut sein lassen, ohne irgend etwas an Geld oder Gut zu entbehren. Ich bereute es bitterlich, daß ich die Stadt Bagdad verlassen hatte und wieder aufs Meer hinausgefahren war, nachdem ich so viele Drangsale auf meiner ersten Reise ausgekostet und das Verderben nahe vor Augen gehabt hatte, und sprach: ‹Wir sind Gottes, und zu Ihm kehren wir zurück!› und gebärdete mich wie ein Wahnsinniger. Hernach erhob ich mich, durchwanderte die Insel nach rechts und links, da ich nirgends ruhig zu sitzen vermochte, und stieg schließlich auf einen hohen Baum, von dessen Wipfel ich nach rechts und links Ausschau hielt, doch gewahrte ich nichts als Himmel, Wasser, Bäume, Vögel, Inseln und Sandstriche. Als ich jedoch schärfer ausspähte, bemerkte ich auf der Insel ein großes weißes Gebilde in der Ferne; ich stieg von dem Baum und ging darauf zu, bis ich es erreicht hatte, und siehe, es war eine große, hoch aufragende weiße Kuppel von mächtigem Umfang. Nahe an sie herantretend, schritt ich rings um sie herum, doch fand ich weder eine Tür, noch hatte ich die Kraft und Gelenkigkeit, sie bei ihrer großen Glätte zu erklettern. Ich machte mir nun an der Stelle, an welcher ich stand, ein Zeichen und schritt rings um die Kuppel herum, um ihren Umfang zu messen, welcher fünfzig starke Schritte maß. Dann erwog ich hin und her, wie ich wohl hineinzukommen vermöchte – der Tag ging aber bereits zur Neige, und die Sonne näherte sich ihrem Untergang –, als mit einem Male die Sonne vor meinen Blicken verhüllt wurde und verschwand und der Himmel sich verfinsterte. Erst glaubte ich, eine Wolke hätte die Sonne bedeckt, da es jedoch gerade die Sommerszeit war, verwunderte ich mich und hob meinen Blick, scharf ausschauend, gen Himmel, wo ich nun einen riesigen Vogel von gewaltigem Leibesumfang und klafterweiten Schwingen daherschweben sah, der in seinem Fluge das Sonnenlicht über der Insel verdunkelte. Ich verwunderte mich hierüber noch mehr und gedachte dabei einer Geschichte,

Fünfhundertundvierundvierzigste Nacht

welche ich vor langer Zeit einmal von Pilgern und Reisenden vernommen hatte, daß nämlich auf einer Insel ein riesiger Vogel, der Ruch* geheißen, lebte, der seine Jungen mit Elefanten atzen sollte; und ich erkannte nun, daß die Kuppel vor meinen Augen nichts anderes war als ein Ruchei. Während ich mich noch über die Werke Gottes, des Erhabenen, verwunderte, ließ sich der Vogel auf der Kuppel nieder, breitete seine Schwingen zum Brüten darüber und schlief auf ihr ein, indem er dabei seine Füße nach hinten auf die Erde streckte – Preis Ihm, der nimmer schläft! –. Als ich dies gewahrte, erhob ich mich, löste den Turban von meinem Haupte, faltete ihn zusammen und drehte ihn zu einem Strick; dann gürtete ich ihn mir mitten um den Leib und band mich fest an die Füße des Vogels, indem ich bei mir sprach: ‹Vielleicht wird er mich in ein Land mit Städten und Bewohnern tragen, was besser sein wird, als daß ich hier auf dieser Insel sitze.› Aus Furcht, daß ich einschlafen und der Vogel, ohne daß ich es merkte, mit mir fortfliegen könnte, brachte ich die Nacht über wachend zu; als nun aber das Frührot aufstieg und der Morgen anbrach, erhob sich der Vogel mit einem gewaltigen Schrei von dem Ei und stieg mit mir so hoch in die Luft empor, daß ich schon glaubte, er hätte die Wolken am Himmel erreicht; alsdann ließ er sich langsam mit mir zur Erde nieder und setzte sich auf den Gipfel eines hohen Berges. Sobald ich den Boden erreicht hatte, löste ich schnell, vor Ängsten zitternd, wie-

* Sagenhafter Riesenvogel, der auf dem Berg Kâf lebt.

wohl der Vogel nichts von mir merkte, meinen Turban von seinen Füßen und machte mich aus dem Staube. Der Vogel aber packte nun etwas am Boden mit den Klauen und stieg zu den Wolken des Himmels empor; und wie ich das Ding ins Auge faßte, sah ich, daß es eine Schlange von ungeheurer Länge und mächtigem Leibesumfang war, mit welcher er zum Meere flog. Verwundert hierüber schritt ich weiter und gewahrte, daß ich mich auf einer Anhöhe befand, zu deren Füßen sich ein großes, breites und tiefes Wadi* ausdehnte, welches von einem ungeheuren, hoch in die Luft ragenden Gebirge flankiert wurde, dessen Gipfel wegen ihrer unermeßlichen Höhe keines Menschen Auge erreichen konnte, geschweige denn, daß jemand imstande gewesen wäre, sie zu erklimmen. Bei diesem Anblick machte ich mir über mein Unterfangen Vorwürfe und sprach: ‹Ach, wäre ich doch auf der Insel geblieben; sie war besser als dieser wüste Ort, da es doch auf ihr mancherlei Früchte zu essen und auch Wasser aus Bächen zu trinken gab; an diesem Ort aber gibt es weder Bäume noch Früchte, noch Flüsse. Es gibt keine Macht und keine Kraft außer bei Gott, dem Hohen und Erhabenen! Sooft ich aus einer Drangsal errettet werde, stürze ich in eine neue, größere und schlimmere.› Hierauf erhob ich mich und wanderte, meine Seele stärkend, in jenes Wadi hinab, wobei ich sah, daß sein Boden aus Diamant bestand, jenem Stein, mit welchem man Minerale, Edelsteine, Porzellan und den Onyx durchbohrt, da er ein harter und spröder Stein ist, in welchem weder Eisen noch Felsgestein eine Spur hinterläßt und von dem wir weder etwas abschneiden noch abbrechen können, es sei denn mit Hilfe des Bleisteins. Das ganze Wadi wimmelte von Schlangen und Vipern, von denen eine jede so lang wie ein Palmbaum war, daß sie wegen ihrer Größe einen Elefanten

* Flußtal, das nur nach starken Regenfällen Wasser führt.

hätte verschlingen können. Jene Schlangen kamen nur des Nachts zum Vorschein, während sie sich am Tage vor dem Vogel Ruch und vor Adlern verbargen, aus Furcht, von ihnen gepackt und zerrissen zu werden; weshalb, das weiß ich nicht. Voll Reue über mein Unterfangen verweilte ich nun im Wadi und sprach bei mir: ‹Bei Gott, ich habe mein eigenes Verderben beschleunigt!› Der Tag neigte sich bereits, so daß ich mich nunmehr bei meiner Wanderung nach einem Ort umschaute, wo ich die Nacht zubringen konnte, da mich die Furcht vor den Schlangen so stark gepackt hatte, daß ich in der Besorgnis um mein Leben weder an Speise dachte noch an Trank. Plötzlich gewahrte ich in der Nähe eine Höhle und sah, als ich näher hinzutrat, daß sie einen engen Eingang hatte. Da trat ich hinein und verbarrikadierte den Eingang mit einem großen Stein, den ich neben demselben liegen sah, indem ich bei mir sprach: ‹Nunmehr, wo ich diesen Ort betreten habe, bin ich in Sicherheit; sobald es morgen tagt, will ich hinausgehen und sehen, was Gottes Allmacht tun wird.› Als ich mich nun aber nach dem Innern der Höhle wendete, sah ich am gegenüberliegenden Ende eine riesige Schlange auf ihren Eiern liegen, so daß mein Leib erschauderte und ich, mein Haupt erhebend, meine Sache dem Schicksal und Verhängnis anheimstellte. Schlaflos verbrachte ich die ganze Nacht, bis die Morgenröte aufstieg, worauf ich den Stein, den ich vor den Eingang der Höhle gewälzt hatte, wieder fortrückte und wie ein Trunkener aus der Höhle ging, taumelnd von Hunger und Schrecken und dem langen Wachen. Während ich nun in solchem Zustande durchs Wadi wanderte, fiel mit einem Male ein großes Stück Fleisch vor mir nieder, ohne daß ich jemanden bemerken konnte. Ich verwunderte mich höchlichst hierüber, doch fiel mir dabei eine Geschichte ein, die ich vor langer, langer Zeit einmal von Kaufleuten, Reisenden und Pilgern vernommen hatte, daß nämlich die Diamantenberge voll fürchterlicher Schrecken wären und daß niemand dorthin gelangen könne; daß indessen die Kaufleute, die in Diamanten Handel treiben, durch List zu den Diamanten gelangten, indem sie ein Schaf schlachteten, es abhäuteten und zerschnitten, worauf sie die frischen Fleischstücke von jenen Bergen in das Wadi hinabwürfen, an denen dann einige jener Steine hafteten. Dort ließen die Kaufleute sie bis zum Mittag liegen, um welche Zeit die Geier und Adler sich auf jenes Fleisch niederließen, es mit den Krallen packten und dann auf die Gipfel der Berge flögen. Sobald die Kaufleute dies bemerkten, kämen sie dann herbeigelaufen und verscheuchten mit lautem Geschrei die Vögel von dem Fleisch, worauf sie die Steine, die an dem Fleisch hafteten, abläsen und, das Fleisch den Vögeln und Raubtieren überlassend, mit den Steinen heimkehrten; und niemand sei imstande, anders als durch diese List zu den Diamanten zu gelangen.

Fünfhundertundfünfundvierzigste Nacht

Wie ich nun dieses Stück Fleisch vor mir liegen sah und dabei an die erwähnte Geschichte dachte, trat ich näher herzu und füllte eifrig meine Taschen, meinen Gurt, den Turban, die Falten meiner Kleider und alle meine Sachen mit einer großen Menge der erlesensten Steine, als mit einem Male ein neues großes Stück niederfiel. Da band ich mich schnell mit meinem Turban an das Stück Fleisch, indem ich mich auf den Rücken legte, das Fleisch auf meine Brust nahm und mich daran festhielt, so daß das Fleisch sich hoch über dem Boden befand. Und mit einem Male kam auch schon ein Adler auf das Fleisch niedergefahren, packte es mit seinen Fängen und stieg mit ihm in die Luft empor, während ich an dem Fleisch hing. Er hemmte seinen Flug nicht eher, als bis er den Gipfel eines Berges erreicht hatte, wo er das Stück losließ und sich anschickte, darauf einzuhacken. Da erhob sich jedoch hinter ihm auf dem Berge lautes Geschrei und Holzgeklapper, so daß der Adler erschreckt aufflog. Während ich mich nun von dem Kadaver losband und mit blutbesudelten Kleidern neben ihm stand, kam mit einem Male der Kaufmann, der den Adler durch sein Geschrei verscheucht hatte, herangeschritten. Als er mich erblickte, konnte er vor Entsetzen und zitternd vor Furcht kein Wort sprechen, doch trat er an den Tierkadaver heran und kehrte ihn um. Wie er nun aber nichts an ihm fand, stieß er einen lauten Schrei aus und rief: ‹Ach, wie schade! Es gibt keine Macht und keine Kraft außer bei Gott, dem Hohen und Erhabenen! Zu Gott nehmen wir unsere Zuflucht vor dem gesteinigten Satan!› und jammerte über sich und schlug Hand wider Hand und klagte: ‹Ach, welch ein Jammer! Wie kommt dies nur?› Da trat ich an ihn heran, und nun fragte er mich: ‹Wer bist du, und weshalb kommst du hierher?› Ich antwortete ihm: ‹Fürchte dich nicht, und sei unverzagt, denn ich bin ein Mensch von den besten meines Geschlechts; ich bin ein Kaufmann und hab eine absonderliche Mär und eine seltsame Geschichte erlebt, und die Weise, wie ich zu diesen Bergen und in das Wadi gelangte, ist wunderbarlich zu hören. So fürchte dich nicht, du sollst von mir erhalten, was dich erfreuen wird, denn ich habe eine große Menge Diamanten bei mir und will dir davon schenken, was dich zufriedenstellen soll; denn jeder einzelne Diamant, den ich bei mir habe, ist besser als alles, was du sonst hättest bekommen können. Fürchte dich nicht, und sei unverzagt.› Der Mann dankte mir für meine Worte und segnete mich; dann unterhielten wir uns miteinander, als plötzlich die anderen Kaufleute, welche ebenfalls ihre Fleischstücke heruntergeworfen hatten und die mich nun mit ihrem Gefährten reden hörten, herbeikamen, mich begrüßten und zu meiner Rettung beglückwünschten. Hierauf nahmen sie mich mit sich, und ich erzählte ihnen meine ganze Geschichte, alle meine Reiseabenteuer und wie ich in jenes Wadi gekommen sei. Alsdann gab ich dem Eigentümer des Stückes Fleisch, an welches ich mich festgebunden hatte, eine Menge von meinen Steinen, worüber er hocherfreut mich segnete und mir dankte. Die Kaufleute aber sagten zu mir: ‹Bei Gott, dir ist ein neues Leben geschenkt, denn niemand gelangte vor dir an diesen Ort und kam mit seinem Leben davon; jedoch, gelobt sei Gott für deine Rettung!› Ich verbrachte nun die Nacht, in höchster Freude über meine Rettung und mein Entkommen aus dem Schlangental in ein bewohntes Land, mit den Kaufleuten an einem hübschen und sicheren Ort; am nächsten Morgen aber erhoben wir uns und zogen über jenes hohe Gebirge, wobei wir im Wadi eine Menge Schlangen erblickten, bis wir zu einem Garten auf einer großen und hübschen Insel gelangten, in welchem Kampferbäume wuchsen, die so groß waren, daß unter jedem Baum hundert Mann Schatten finden konnten. Wenn jemand etwas Kampfer von ihm nehmen will, so bohrt er mit einem langen Gegenstand oben in den Stamm ein Loch und fängt den flüssigen Kampfer, welcher der Saft jenes Baumes ist, auf, der sich hernach wie Gummi verdickt; der Baum stirbt jedoch ab und wird als Brennholz benutzt. Ferner gewahrten wir auf jener Insel eine Art wilder Tiere, Rhinozeros geheißen, welches dort weidet wie bei uns Rinder und Büffel; doch ist der Leib jenes Tieres größer als der Leib eines Kamels. Es ist ein gewaltiges Tier mit einem dicken Horn von zehn Ellen Länge mitten auf seinem Haupt, in welchem sich das Bild eines Menschen befindet. Ferner lebt auf jener Insel auch eine Art Rind, und die Schiffsleute und über Berg und Tal fahrenden Pilger erzählten uns, daß jenes sogenannte Rhinozeros einen großen Elefanten auf sein Horn zu spießen imstande sei und dann ruhig weiter auf der Insel und am Meeresgestade weidet. Stirbt aber der Elefant auf seinem Horne und läuft sein Fett, das in der Sonne schmilzt, dem Rhinozeros aufs Haupt und dringt in seine Augen ein, so wird es blind und muß am Strande liegen bleiben, worauf dann der Vogel Ruch kommt, es mitsamt dem Elefanten auf seinem Horn in seine Fänge packt und es seinen Jungen zur Atzung bringt. Ferner sah ich noch auf jener Insel vielerlei Büffel, wie sie bei uns nicht vorhanden sind. Ich tauschte hier die Diamanten, welche ich aus dem Schlangental mitgenommen und in meiner Tasche verborgen hatte, mit den Gütern und Produkten jenes Landes ein und erhielt auch Silber und Gold dafür, und die Kaufleute luden meine Waren auf, worauf ich mit ihnen weiter von Wadi zu Wadi und von Stadt zu Stadt zog, überall kaufend und verkaufend und das Land der Menschen und Gottes Werke in Augenschein nehmend, bis wir nach der Stadt Basra gelangten, von wo ich, nach einem Aufenthalt von wenig Tagen, weiter nach Bagdad zog.

Fünfhundertundsechsundvierzigste Nacht

In Bagdad, der Stätte des Friedens, angelangt, suchte ich sofort mein Viertel auf und kehrte wieder in mein Haus ein, reich beladen mit Diamanten und Gold, Gütern und Waren, die sich sehen lassen konnten. Nachdem ich alle meine Angehörigen und Freunde wiedergesehen hatte, teilte ich Almosen aus und machte Spenden und Präsente und beschenkte alle meine Angehörigen und Freunde. Dann begann ich, gut zu essen und zu trinken, kleidete mich in hübsche Kleider, pflegte mit meinen Freunden und Bekannten geselligen Verkehr und vergaß heiteren Gemütes und fröhlichen Herzens bei Spiel und Scherz und allem, was das Leben angenehm macht, alle meine früheren Leiden. Jeder aber, der von meiner Heimkehr vernommen hatte, besuchte mich und fragte mich nach meinen Reiseerlebnissen und den Verhältnissen in fremden Ländern, und ich erzählte ihnen von allen meinen Abenteuern und meinen Drangsalen, worauf sie mich, verwundert über all die Fährnisse, die ich ausgestanden hatte, zu meiner wohlbehaltenen Heimkehr beglückwünschten. Dies ist das Ende der Erlebnisse meiner zweiten Reise, und morgen, so Gott, der Erhabene, will, erzähle ich euch meine dritte Reise.›

Als Sindbad der Seefahrer Sindbad dem Landmann die Geschichte seiner zweiten Reise zu Ende erzählt hatte, verwunderten sich alle über dieselbe. Dann speisten sie zusammen zur Nacht, und Sindbad befahl, dem Lastträger wieder hundert Goldmithkâl zu überreichen, worauf derselbe mit dem Geschenk seines Weges ging, indem er sich dabei über all die Drangsale, die er auszustehen gehabt hatte, verwunderte und ihm selbst noch in seinem Hause dankte und Segen von Gott erflehte. Als aber der Morgen anbrach und es licht ward und tagte, erhob sich Sindbad der Lastträger, verrichtete das Frühgebet und begab sich wieder zum Hause Sindbads des Seefahrers, wie er es ihm befohlen hatte. Bei ihm eintretend, bot er ihm den Morgengruß, worauf Sindbad der Seefahrer ihn willkommen hieß und sich mit ihm setzte, bis seine anderen Freunde und Gäste vollzählig eingetroffen waren. Alsdann aßen sie und tranken, und als sie nun heiter und fröhlich und guter Dinge waren, nahm Sindbad der Seefahrer das Wort und begann:

SINDBADS DRITTE REISE

«Merket auf, meine Brüder, und höret auf die Geschichte meiner dritten Reise, welche noch wunderbarer als die Geschichten meiner früheren Reisen ist; doch Gott ist allwissend und allweise und kennt seinen verborgenen Ratschluß.

Als ich nun, wie ich euch gestern bereits erzählt hatte, in größter Freude und Fröhlichkeit mit reichem Gewinn an Geld und Gut heimgekehrt war und von Gott für all das Verlorene Ersatz erhalten hatte, lebte ich geraume Zeit in höchstem Glück und größter Heiterkeit, Freude und Fröhlichkeit, bis sich meine Seele wieder sehnte, zu reisen und die Welt zu schauen und wieder nach dem Handel, Gewinn und Profit Verlangen trug; denn des Menschen Seele neigt zum Bösen. Und so kaufte ich mir nach reiflicher Erwägung eine große Menge von Waren, wie sie für eine Seereise erforderlich sind, packte sie für die Reise in Ballen und zog mit ihnen von der Stadt Bagdad nach Basra. Hier begab ich mich an den Strand des Meeres, und als ich dort ein großes Schiff mit vielen Kaufleuten und Passagieren, braven, hübschen und guten Leuten voll Glauben, Güte und Rechtschaffenheit sah, bestieg ich dasselbe und reiste mit ihnen unter Gottes, des Erhabenen, Segen und mit Seiner Hilfe und unter Seinem gnädigen Geleit ab, wie alle in freudigster Hoffnung auf eine gute und glückliche Fahrt. Ununterbrochen segelten wir von Meer zu Meer, von Insel zu Insel und von Stadt zu Stadt, indem wir uns überall, wo wir anlegten, fröhlich und vergnügt umsahen und verkauften und kauften, bis eines Tages, als wir uns mitten in der wogenden und wellentosenden See befanden, der Kapitän, der gerade vom Schiffsbord Ausschau über das Meer hielt, sich vor das Gesicht schlug und, sich den Bart raufend und laut schreiend, gleich darauf die Segel zusammenrollen und die Anker auswerfen ließ. Wir fragten ihn deshalb: ‹Kapitän, was ist los?› Und er antwortete: ‹Wisset, ihr Reisenden – Gott sei euch gnädig! –, der Wind hat uns überwältigt und mitten ins Meer getrieben, und das Schicksal hat uns zu unserem Unheil an den Affenberg geworfen, von dem noch niemand entkommen ist, der dorthin gelangte. Mein Herz weissagt mir unser aller Untergang.› Kaum hatte noch der Kapitän seine Worte geendet, da umgaben auch schon die Affen von allen Seiten das Schiff und fielen vom Lande wie Heuschreckenschwärme über uns her. Wir fürchteten uns, wiewohl wir Angst hatten, sie könnten unser Hab und Gut plündern, einen von ihnen totzuschlagen oder auch nur mit Schlägen fortzutreiben, da wir Sorge hatten, infolge ihrer zahllosen Menge, da Tapferkeit der Menge unterliegt, von ihnen getötet zu werden. Es waren ganz widerwärtige Bestien mit schwarzem verfilztem Haar und von grausenerregender Erscheinung, mit gelben Augen und schwarzem Gesicht und an Wuchs so klein, daß jede von ihnen nur vier Spannen maß; ihre Sprache aber versteht niemand, und niemand weiß, was sie sind, und sie scheuen den Menschen. Sie kletterten auf die Ankerseile, zerrissen sie mit ihren Zähnen und zerbissen auch alle Stricke des Schiffes, daß es dem Winde nachgab und an dem Berggestade strandete. Dann packten sie alle Kaufleute und Matrosen und schleppten sie auf die Insel, worauf sie mit dem Schiff und allem, was sich darauf befand, davonfuhren und uns auf der Insel zurückließen. Das Schiff entschwand unseren Blicken, ohne daß wir wußten, wohin sie mit ihm zogen.

Wie wir uns nun auf dieser Insel befanden und von

ihren Früchten, ihrem Gemüse und Obst aßen und aus ihren Bächen tranken, erblickten wir mit einem Male mitten auf der Insel etwas, das wie ein bewohntes Haus aussah, und als wir darauf zugingen, sahen wir, daß es ein starkes und stattliches, von hohen Wällen umgebenes Schloß war, mit einem Tor aus Ebenholz, dessen beide Flügel offen standen. Durch das Tor eintretend, fanden wir hinter ihm einen weiten, hofähnlichen Platz und rings um ihn viele hohe Tore, während auf der gegenüberliegenden Seite eine hohe und große Steinbank stand und Herde, an denen Kochgeschirr hingen, rings um welche viele Knochen lagen, ohne daß wir jemanden erblicken konnten. Aufs äußerste hierüber verwundert, setzten wir uns in den Schloßhof, wo wir nach kurzer Zeit einschliefen und vom Vormittag bis zum Sonnenuntergang schlafend dalagen, als mit einem Male die Erde unter uns erbebte und wir in der Luft ein lautes Getöse vernahmen. Gleich darauf sahen wir vom Dach des Schlosses ein Ungetüm in Menschengestalt von schwarzer Farbe und riesigem Wuchs von der Größe eines hohen Palmbaums niedersteigen und auf uns zukommen. Seine Augen glichen zwei feurigen Flammen, seine Augenzähne hatten die Größe von Ebershauern, sein Maul glich einer Brunnenöffnung, seine Lippen hingen wie Kamellefzen auf seine Brust, seine Ohren wie Decken auf seine Schultern, und seine Fingernägel waren wie die Klauen eines Löwen. Als wir diese schreckliche Gestalt erblickten, schwanden uns fast die Sinne, und Furcht und Grausen packten uns so stark, daß wir vor Entsetzen wie Tote waren.

Fünfhundertundsiebenundvierzigste Nacht

Wie nun der Riese auf ebener Erde angelangt war, setzte er sich auf die Steinbank; nach kurzer Zeit erhob er sich jedoch wieder, kam auf uns zu, ergriff mich mitten unter meinen Gefährten, den Kaufleuten, bei der Hand, hob mich hoch vom Boden empor, befühlte mich, wie ein Schlächter das Schaf befühlt, das er schlachten will, und drehte mich dabei wie einen kleinen Bissen in seiner Hand um und um; da er mich jedoch infolge der vielen Aufregungen und den Mühsalen der Fahrt schwach, abgemagert und ohne irgendwelches Fleisch an den Knochen fand, ließ er mich wieder los und nahm einen anderen meiner Gefährten, welchen er, nachdem er ihn in gleicher Weise wie mich umgedreht und betastet hatte, ebenfalls wieder losließ; in dieser Weise befühlte er einen nach dem anderen von uns und drehte ihn dabei um und um, bis er an den Schiffskapitän kam, der ein fetter, vierschrötiger, breitschultriger und strammer Kerl war. Zufrieden mit ihm, packte er ihn, wie der Schlächter das Schlachttier packt, warf ihn auf den Boden und brach ihm durch einen Fußtritt den Nakken, worauf er einen langen Bratspieß ergriff und ihm denselben durch die Gurgel stieß, daß er ihm zum Rücken herauskam. Hierauf entzündete er ein großes Feuer und setzte den Bratspieß mit dem daran aufgespießten Kapitän über das Feuer, ihn so lange über den Kohlen drehend, bis sein Fleisch geröstet war. Alsdann nahm er ihn wieder vom Feuer herunter, legte ihn vor sich, zerriß ihn, wie man wohl ein Küken zerreißt, und fraß ihn auf, indem er das Fleisch mit seinen Klauen von den Knochen riß. Als er das Fleisch verzehrt und die Knochen abgenagt hatte, warf er die wenigen übriggebliebenen Knochen auf die Seite. Dann setzte er sich wieder und legte sich nach kurzer Zeit auf die Steinbank nieder, worauf er einschlief und im Schlaf wie ein Schaf oder ein Stück Vieh mit durchschnittener Gurgel schnarchte; am Morgen erst erwachte er wieder und ging seines Weges.

Als wir uns vergewissert hatten, daß er fortgegangen war, hoben wir an, miteinander zu sprechen, und klagten, indem wir unser Los beweinten: ‹Ach, daß wir doch im

Meer ertrunken wären oder daß uns die Affen aufgefressen hätten! Das wäre ein leichterer Tod gewesen, als hier auf glühenden Kohlen geröstet zu werden. Bei Gott, solch ein Tod ist gemein, jedoch, was Gott will, das geschieht; es gibt keine Macht und keine Kraft außer bei Gott, dem Hohen und Erhabenen! Wir müssen hier elendiglich umkommen, ohne daß irgend jemand etwas von uns erfährt, und es gibt für uns kein Entkommen von diesem Ort.› Hierauf erhoben wir uns und streiften durch die Insel, um uns ein Versteck zu suchen oder noch lieber zu entfliehen, da uns der Tod ein leichtes Ding dünkte, wenn wir nur nicht über dem Feuer geröstet würden. Wir fanden jedoch kein Versteck, und da auch der Abend uns überfiel, kehrten wir in unserer großen Angst wieder zurück zum Schloß und setzten uns. Nicht lange danach erbebte mit einem Male die Erde unter uns, und jenes schwarze Ungetüm ging wieder auf uns los und drehte wie das erste Mal einen nach dem anderen von uns um und befühlte uns, bis ihm einer gefiel, worauf er ihn packte und mit ihm ganz so wie tags zuvor mit dem Kapitän verfuhr. Nachdem er ihn geröstet und auf der Bank aufgefressen hatte, schlief er wieder die Nacht über und schnarchte dabei wieder wie ein abgeschlachtetes Stück Vieh, um sich dann bei Tagesanbruch zu erheben und, uns wie zuvor verlassend, seines Weges zu gehen. Da rückten wir zusammen und redeten miteinander und sprachen: ‹Bei Gott, stürzten wir uns ins Meer und fänden wir so den Tod durch Ertrinken, so wäre es besser, als hier gebraten zu werden und auf so abscheuliche Weise umzukommen!› Einer von uns aber sagte nun: ‹Hört auf meine Worte, meine Brüder; wir wollen einen Plan ersinnen, wie wir ihn umbringen und uns vor dem Kummer und den Muslimen vor seiner Tyrannei und Gewalttätigkeit Ruhe verschaffen.› Da sagte ich zu ihnen: ‹Hört mich an, meine Brüder; soll und muß er einmal umgebracht werden, so wollen wir zunächst diese Balken und etwas von dem Brennholz zum Strand hinunterschaffen und uns ein Floß bauen; haben wir ihn dann auf irgendeine Weise umgebracht, so wollen wir das Floß besteigen und uns übers Meer treiben lassen, wohin Gott will, oder wollen hier warten, bis ein Schiff an dieser Insel vorüberkommt und uns aufnimmt. Gelingt es uns nicht, ihn umzubringen, so wollen wir trotzdem aufs Meer hinausfahren; sei es auch, daß wir ertrinken und dann wenigstens nicht mehr geschlachtet und über dem Feuer geröstet werden; werden wir gerettet, so werden wir gerettet, und ertrinken wir, so sterben wir als Märtyrer.› Alle erwiderten mir nun: ‹Bei Gott, der Vorschlag ist gut, und so geschieht's recht›; und so einigten wir uns auf diesen Plan und machten uns sofort an seine Ausführung, indem wir das Holz aus dem Schloß hinausschafften und uns ein Floß bauten, das wir am Gestade festmachten. Nachdem wir dann auch noch etwas Zehrung aufs Floß geschafft hatten, kehrten wir wieder zum Schloß zurück. Gegen Abend erbebte mit einem Male wieder die Erde unter uns, und der Schwarze kam wie ein bissiger Köter auf uns zu, drehte uns um und um und befühlte einen nach dem anderen, worauf er einen von uns packte und mit ihm wie mit den beiden anderen verfuhr. Als er nun nach seinem Mahl auf der Bank lag und schlief und dabei schnarchte, als ob es donnerte, erhoben wir uns, nahmen zwei von den dort stehenden Bratspießen und hielten sie in starkes Feuer, bis sie rotglühend geworden waren und wie feurige Kohlen leuchteten; dann packten wir sie mit festem Griff, traten an das schwarze, schnarchende Ungetüm heran und bohrten sie in seine Augen, indem wir uns alle aus Leibeskräften dagegenstemmten, so daß er im Schlaf auf beiden Augen geblendet wurde. Da sprang er mit einem gewaltigen Schrei, vor dem unsere Herzen erbebten, von der Bank auf und suchte, uns zu haschen, während wir nach rechts und links auseinanderstoben und uns, wiewohl er uns nicht sehen konnte, da er völlig blind war, mächtig vor ihm fürchteten und, am Entkommen verzweifelnd, in jener Stunde den sicheren Tod vor Augen hatten. Währenddem hatte er sich zum Tor getastet und schritt hinaus, wobei er laut schrie, daß die Erde unter uns erbebte und wir vor Grausen erstarrten. Als er das Schloß verlassen hatte, gingen wir ebenfalls hinaus und sahen, wie er fortwährend nach uns suchte. Mit einem Male aber kehrte er mit einem Weib* von noch größerer und entsetzlicherer Gestalt wieder, bei deren Anblick wir in höchster Furcht nun schnell das Floß losbanden und, auf dasselbe springend, vom Rande abstießen, während beide Ungetüme mächtige Felsblöcke nach uns warfen und den größten Teil von uns töteten, bis nur ich nebst noch zwei anderen übriggeblieben war.

Fünfhundertundachtundvierzigste Nacht

Das Floß führte uns drei Überlebende zu einer Insel, auf welcher wir bis zum Abend umherstreiften, worauf wir uns bei einbrechender Nacht schlafen legten. Nach kurzer Zeit erwachten wir jedoch wieder und gewahrten einen riesigen Drachen mit gewaltigem Bauch, der uns umringelt hatte und nun einen von uns packte, ihn bis zu den Schultern hinunterschlang und ihn dann gänzlich verschluckte, daß wir seine Rippen in seinem Leibe nur so knacken hörten. Darauf kroch er fort. Vor Staunen starr und bekümmert über den Verlust unseres Gefährten, wurden wir aufs schwerste um unser Leben besorgt und sprachen: ‹Bei Gott, das ist ein wunderbarlich Ding! Jeder neue Tod wird immer abscheulicher als der frühere. Wir waren so froh über unsere Rettung aus den Händen des Schwarzen, doch sollte die

* Nach der Breslauer Ausgabe kehrt der Riese mit zwei anderen Riesen wieder, auf die er sich stützt.

Freude nicht vollkommen sein. Es gibt keine Macht und keine Kraft außer bei Gott! Bei Gott, dem Schwarzen und dem Ertrinken sind wir entronnen, wie aber werden wir dieser unseligen Viper entrinnen?› Hierauf erhoben wir uns und durchwanderten die Insel, indem wir von ihren Früchten aßen und aus ihren Bächen tranken, bis es wieder Abend geworden war. Dann stiegen wir auf einen dicken und hohen Baum und schliefen daselbst; ich aber war bis auf den höchsten Ast gestiegen. Als nun die Nacht hereinbrach und es dunkel ward, kam der Drache wieder herbei und wendete sich nach rechts und links, worauf er auf den Baum, auf welchem wir saßen, zuging und heraufkroch. Als er meinen Gefährten erreicht hatte, verschlang er ihn bis zu den Schultern und ringelte sich mit ihm fest um den Stamm, daß ich hörte, wie seine Knochen im Leib des Drachens zerbrachen; nachdem er ihn dann vollends vor meinen Augen verschlungen hatte, kroch er wieder vom Baum herab und verschwand, während ich die Nacht über auf dem Baum blieb. Bei Tagesanbruch stieg ich, infolge der ausgestandenen Ängste und Schrecken wie ein Toter, vom Baum und wollte mich ins Meer stürzen, um von den irdischen Plagen erlöst zu werden; doch es fiel mir zu schwer, das Leben aufzugeben, da einem das Leben lieb ist. Und so nahm ich denn fünf breite Stück Holz und band, so fest ich nur konnte, eines von ihnen quer über meine Füße, drei andere gleiche Stücke über meine linke und rechte Seite und meinen Bauch und zuletzt ein langes und breites Stück wieder quer über meinen Kopf, ähnlich dem ersten an meinen Füßen. In dieser Weise, rings von Holz umgeben, warf ich mich der Länge nach auf die Erde und lag wie in einer Kammer da. Zur Nachtzeit erschien der Drache wie gewöhnlich und kam, als er mich gewahrte, auf mich zu. Da er mich jedoch wegen des Holzes, das mich von allen Seiten umgab, nicht verschlingen konnte, ringelte er sich um mich, während ich ihm, halbtot vor Furcht und Grausen, zusah; und wie er nun mir nirgends beikommen konnte, wich er bald zurück und kam bald wieder heran, jedesmal, wenn er mich verschlingen wollte, von meiner hölzernen Schutzwehr darin gehindert. Dies dauerte von Sonnenuntergang bis zum Anbruch der Morgenröte, bis er endlich, sobald es hell ward und die Sonne aufging, in grimmigster Wut von dannen zog. Sobald er meinen Blicken entschwunden war, streckte ich meine Hand aus und befreite mich von dem Holz, infolge der Schrecknisse, die ich vor dem Drachen ausgestanden hatte, einem Toten gleich. Hierauf erhob ich mich und durchwanderte das Eiland, bis ich an seinen Strand kam, von wo ich plötzlich, als ich aufs Meer hinausschaute, fern auf hoher See ein Schiff gewahrte. Da riß ich einen großen Ast von einem Baume ab und schwenkte ihn unter lautem Geschrei; und die Schiffsleute sprachen, als sie mich sahen: ‹Wir müssen schauen, was das ist; vielleicht ist's ein Mensch.› Hierauf kamen sie näher, und als sie mein Rufen vernahmen, legten sie bei der Insel an und nahmen mich zu sich aufs Schiff. Auf ihre Fragen erzählte ich ihnen zu ihrer höchsten Verwunderung alle meine Erlebnisse von Anfang bis zum Ende und all die Drangsale, die ich ausgestanden hatte, worauf sie mich mit einigen von ihren Sachen bekleideten und meine Blöße bedeckten; dann brachten sie mir etwas Speise und reichten mir, nachdem ich mich satt gegessen hatte, kühles Süßwasser zu trinken, so daß sich mein Herz wieder aufrichtete, meine Seele sich erholte und tiefe Ruhe in mir einkehrte. Ich lobte Gott, den Erhabenen, der mich wieder zum Leben erweckt hatte, für seine überreiche Huld und dankte ihm, und nachdem ich bereits des Unterganges gewiß gewesen war, ward mein Mut wieder so gekräftigt, daß mir alles nur wie ein Traum erschien.

Wir reisten nun weiter, und der Wind war uns mit Gottes, des Erhabenen, Erlaubnis günstig, bis wir zu einer

Insel, welche den Namen as-Salâhita führt, gelangten, wo der Kapitän das Schiff beilegte.

Fünfhundertundneunundvierzigste Nacht

Hier stiegen alle Kaufleute und Passagiere ans Land und holten ihre Waren hervor, um zu kaufen und zu verkaufen, während der Schiffsherr sich zu mir wendete und sagte: ‹Höre meine Worte; du bist ein armer, fremder Mann und sagst, daß du große Schrecknisse ausgestanden hast; ich möchte dir daher durch ein Geschäft zur Heimkehr in dein Land verhelfen, daß du mich dauernd dafür segnest.› Ich erwiderte: ‹Schön; der Segen soll dir zuteil werden.› Da sagte er: ‹Wisse, mit uns reiste ein Mann, der uns abhanden kam, und wir wissen nicht, ob er noch lebt oder bereits tot ist, da wir nie wieder etwas von ihm gehört haben. Nun möchte ich dir seine Ballen übergeben, daß du sie unter deine Obhut nimmst und hier auf der Insel verkaufst. Einen Teil des Ertrages sollst du als Entgelt für deine Mühe und den Dienst erhalten, den Rest aber wollen wir mit uns nach Bagdad nehmen und wollen uns dort nach seinen Angehörigen erkundigen, um ihnen die unverkauften Waren und den Erlös der verkauften zu übergeben. Hast du nun Lust, die Waren an dich zu nehmen und zum Verkauf derselben mit den anderen Kaufleuten auf die Insel zu gehen?› Ich antwortete: ‹Ich höre und gehorche, mein Herr; du bist überaus gütig›, dankte ihm hierfür und segnete ihn. Der Schiffsherr befahl nun den Lastträgern und Matrosen, die besagten Waren auf die Insel zu schaffen und sie mir zu übergeben, und der Schiffsschreiber fragte: ‹Kapitän, was sind das für Ballen, welche die Lastträger und Matrosen herausschaffen, und welches Kaufmanns Namen soll ich auf sie schreiben?› Der Kapitän versetzte: ‹Schreib den Namen Sindbads des Seefahrers darauf, der mit uns reiste und bei der Insel ertrank, ohne daß wir noch etwas von ihm gehört hätten; wir wollen diesen Fremdling die Waren verkaufen lassen und wollen ihm für seine Mühe, die er beim Verkauf derselben hat, einen Teil des Erlöses als Entgelt geben, während wir den Rest mit uns nach Bagdad nehmen und ihm denselben geben, wenn wir ihn dort finden; finden wir ihn nicht, so wollen wir das Geld seinen in der Stadt Bagdad lebenden Angehörigen aushändigen.› Der Schreiber versetzte: ‹Deine Worte sind gut, und trefflich ist dein Beschluß.› Als ich nun aber den Kapitän davon reden hörte, daß die Waren mit meinem Namen beschrieben werden sollten, sprach ich bei mir: ‹Bei Gott, ich bin Sindbad der Seefahrer, der auf der Insel zurückblieb›*, und wappnete mich mit Standhaftigkeit und Geduld, bis die Kaufleute vom Schiff gestiegen waren und miteinander übers Geschäft plauderten. Dann trat ich an den Schiffsherrn heran und fragte ihn: ‹Mein Herr, weißt du, was der Eigentümer der Waren gewesen ist, die du mir zum Verkauf übergeben hast?› Er versetzte: ‹Mir ist nichts anderes von ihm bekannt, als daß er aus der Stadt Bagdad war, daß er Sindbad der Seefahrer hieß und daß er bei einer Insel, bei welcher wir anlegten, nebst einer großen Anzahl von uns ertrank; und ich hörte seit jener Zeit nichts mehr von ihm.› Da stieß ich einen lauten Schrei aus und sagte zu ihm: ‹Kapitän, Gott schütz dich! Wisse, ich bin Sindbad der Seefahrer und bin nicht ertrunken, sondern verließ, als wir bei der Insel die Anker gelegt hatten und als die Kaufleute und Passagiere an Land gingen, mit einer Anzahl Leute ebenfalls das Schiff. Am Strand der Insel setzte ich mich nieder, nahm einen kleinen Imbiß ein, den ich mir mitgenommen hatte, und vergnügte mich dort am Sitzen, bis mich Müdigkeit anwandelte und ich in Schlaf sank. Als ich dann wieder erwachte, fand ich weder

* Der Text lautet wörtlich: der mit einer Anzahl anderer ertrank. Es scheint hier die zweite mit der ersten Reise verwechselt zu werden.

das Schiff noch sonst jemand bei mir. Dies Gut ist mein Gut, diese Waren sind meine Waren, und alle die Kaufleute, die Diamanten importieren, sahen mich auf dem Diamantengebirge und werden bezeugen, daß ich Sindbad der Seefahrer bin; denn ich habe ihnen meine Geschichte und meine Erlebnisse mit euch auf dem Schiff erzählt und habe ihnen auch gesagt, daß ihr mich auf der Insel vergessen habt, da ich eingeschlafen war, und daß ich beim Erwachen niemanden fand, worauf ich dann die weiteren Abenteuer erlebte.› Als die Kaufleute und die Schiffer meine Worte vernahmen, versammelten sie sich um mich, und die einen von ihnen glaubten mir, die anderen aber hielten mich für einen Lügner. Als ich jedoch das Diamantental erwähnte, kam ein Kaufmann an meine Seite und sagte zu ihnen: ‹Ihr Leute, hört meine Worte; als ich euch mein wunderbarstes Reiseabenteuer mitteilte, wie nämlich, als wir die geschlachteten Tiere ins Diamantental warfen, mit meinem Tier, das ich wie üblich mit den anderen hinunterwarf, ein daranhängender Mann heraufkam, wolltet ihr es mir nicht glauben und schaltet mich einen Lügner.› Sie versetzten: ‹Jawohl, du hast uns diese Geschichte erzählt, doch wir haben dir nicht geglaubt.› – ‹Nun, dies ist der Mann›, fuhr der Kaufmann fort, ‹der an meinem Tier hing und der mir als Entschädigung mehr Diamanten gab, als an seiner Stelle heraufgekommen wären, und die so kostbar waren, daß ihresgleichen nicht mehr gefunden werden; wir reisten zusammen nach der Stadt Basra, wo er von uns Abschied nahm, um nach seiner Heimat zu ziehen, während wir gleichfalls nach unserer Heimat zurückkehrten. Er ist es, und er nannte uns auch seinen Namen, Sindbad der Seefahrer, und erzählte uns, daß ihn das Schiff auf der Insel zurückgelassen hätte. Und wisset, diesen Mann hat Gott nur hierhergeführt, auf daß ihr meinen Worten, die ich zu euch sprach, glaubtet. Alle diese Waren gehören ihm, denn er erzählte uns von ihnen, als wir zusammentrafen, und die Wahrheit seiner Worte ist zutage gekommen.› Als der Kapitän die Worte jenes Kaufmanns vernahm, trat er an mich heran und fragte mich, nachdem er mich eine Weile scharf ins Auge gefaßt hatte: ‹Welche Marke hatten deine Waren?› Ich antwortete ihm: ‹Die Marke meiner Ballen war die und die› und erwähnte außerdem Sachen, die zwischen uns beiden vorgefallen waren, als ich mich in Basra bei ihm eingeschifft hatte, so daß er nun völlig davon überzeugt war, daß ich Sindbad der Seefahrer war, und mich umarmte, mich begrüßte und, mir zu meiner Rettung Glück wünschend, sagte: ‹Bei Gott, mein Herr, deine Geschichte ist wunderbar und dein Fall merkwürdig; jedoch, gelobt sei Gott, der uns beide wieder vereint und dir dein Gut und deine Waren wiedergegeben hat!›

Fünfhundertundfünfzigste Nacht

Hierauf verfügte ich über meine Waren nach bestem Vermögen und machte mit ihnen auf dieser Reise ein sehr gutes Geschäft, worüber ich mich außerordentlich freute, so daß ich mir zu meiner Rettung und der Wiedererlangung meines Gutes Glück wünschte. Wir kauften und verkauften auf den Inseln fortwährend, bis wir zum Lande Sind* gelangten, wo wir ebenfalls kauften und verkauften. In dem Meere von Sind sah ich eine zahllose Menge wunderbarlicher und seltsamer Dinge, so z. B. einen Fisch, der wie eine Kuh aussah, ferner eselähnliche Lebewesen, Vögel, die aus Muscheln ausschlüpfen, ihre Eier aufs Meer legen und dort ausbrüten und niemals vom Meer aufs Land fliegen. Hernach reisten wir wieder mit Gottes, des Erhabenen, Erlaubnis und mit günstigem Wind weiter, bis wir nach glücklicher Fahrt in Basra anlangten. Nach einem Aufenthalt von

* Das Land am Unterlauf des Indus.

wenigen Tagen zog ich nach Bagdad weiter, wo ich mein Quartier und mein Haus aufsuchte und meine Angehörigen, Freunde und Gefährten begrüßte. Erfreut über meine wohlbehaltene Rückkehr in mein Land zu meinen Lieben, meiner Stadt und meiner Heimat, machte ich von dem zahllosen und unberechenbaren Gewinn, den ich auf dieser Reise erzielt hatte, Geschenke und Almosen, kleidete die Witwen und Waisen, schmauste, zechte und trieb allerlei Kurzweil mit meinen Freunden und Gefährten und vergaß bei leckeren Speisen und feinen Weinen und in Gesellschaft und Verkehr alle Abenteuer, Drangsale und Schrecken, die ich durchgemacht hatte. Dies sind die wunderbarsten Dinge, die ich auf meiner dritten Reise sah, und morgen, so Gott, der Erhabene, will, komm wieder zu mir, daß ich dir die Geschichte meiner vierten Reise erzählen kann, die noch wunderbarer als die drei ersten Reisen ist.»

Hierauf befahl Sindbad der Seefahrer, Sindbad dem Landmann wie üblich wieder hundert Goldmithkâl zu überreichen und die Speisetische zu bringen; dann nahm die ganze Gesellschaft das Abendessen ein und ging heim, verwundert über die abenteuerliche Geschichte, die sie vernommen hatten. Sindbad der Lastträger hatte, nachdem er das ihm von Sindbad dem Seefahrer angewiesene Geld in Empfang genommen hatte, sich gleichfalls auf den Weg gemacht und brachte die Nacht in seiner Wohnung zu. Als aber der Morgen anbrach und es hell ward und tagte, erhob er sich und ging nach Verrichtung des Frühgebets wieder zu Sindbad dem Seefahrer, der ihn bei seinem Eintreten nach dem Salâm heiter und fröhlich empfing und ihn an seiner Seite sitzen ließ, bis alle seine anderen Freunde erschienen. Nachdem sie dann das Mahl aufgetragen und gegessen und getrunken hatten, nahm Sindbad, als alle fröhlich und guter Dinge waren, das Wort und erzählte ihnen die Geschichte seiner vierten Reise.

SINDBADS VIERTE REISE

«Wisset, meine Brüder, als ich nach der Stadt Bagdad heimgekehrt und wieder mit meinen Angehörigen, Freunden und Gefährten vereinigt war und ein Leben herrlich und in Freuden und in reichstem Behagen führte, daß ich völlig in Kurzweil, Musik und lustiger Gesellschaft mit Freunden und Gefährten aufging und bei diesem herrlichen Leben alle Drangsale, die ich ausgestanden hatte, vergaß, da gab es mir meine ruchlose Seele ein, wieder ins Land der Menschen auszuziehen, und meine Sehnsucht ward lebendig nach dem Verkehr mit den Menschenrassen und nach Handel und Profit. So entschloß ich mich hierzu, kaufte mir kostbare, für eine Seereise geeignete Waren, packte noch mehr Ballen als zuvor und reiste von Bagdad nach Basra, wo ich die Waren verschiffte und mit einer Gesellschaft von Großkaufleuten aus Basra absegelte. Unter Gottes, des Erhabenen, Segen zog das Schiff mit uns auf das wogende, wellentosende Meer hinaus, und in guter Fahrt segelten wir eine Reihe von Tagen und Nächten von Insel zu Insel und von Meer zu Meer, bis sich eines Tages ein Gegenwind erhob, worauf der Kapitän, aus Furcht, auf hoher See unterzugehen, die Anker auswarf und uns mitten auf dem Meer verharren ließ. Während wir nun in dieser Lage zu Gott, dem Erhabenen, beteten und uns vor ihm demütigten, brach ein gewaltiger Sturm über uns herein, der die Segel kurz und klein riß, und die Leute versanken mit all ihren Lasten und ihrem Hab und Gut im Meer. Zu den ins Meer Gestürzten hatte auch ich gehört, doch schwamm ich den halben Tag über, bis Gott, der Erhabene, mir, als ich mich bereits verloren gab, ein Stück von einer der Schiffsplanken gnädiglich in den Weg sendete, auf das ich mich nebst mehreren anderen Kaufleuten schwang.

Fünfhundertundeinundfünfzigste Nacht

Da wir so auf der Planke rittlings saßen, ruderten wir einen Tag und eine Nacht lang mit unseren Füßen im Meer, und Wind und Wellen halfen uns während dieser Zeit; am zweiten Tage um die Frühstückszeit erhob sich dann der Wind, die See ging hoch, Wind und Wellen nahmen zu, und die Brandung warf uns halbtot vor Mattigkeit, Schlaflosigkeit, Kälte, Hunger, Durst und Furcht an den Strand einer Insel. Wir wanderten am Gestade entlang, und da wir daselbst eine Menge Gras fanden, aßen wir etwas davon, um unseren letzten Lebenshauch festzuhalten und uns zu stärken, worauf wir die Nacht am Strand der Insel verbrachten. Am anderen Morgen in der Frühe, als es hell ward und tagte, standen wir auf und durchwanderten die Insel nach rechts und links, bis wir in der Ferne ein Wohnhaus erblickten. Da gingen wir auf dasselbe zu und hielten erst vor seiner Tür, als mit einem Male, während wir vor der Tür standen, ein Haufen nackter Leute herauskam, die uns, ohne ein Wort zu sprechen, packten und vor ihren König schleppten. Der König befahl uns niederzusitzen, und als wir uns gesetzt hatten, brachte man uns eine Speise, die wir nicht kannten und wie wir nie zuvor in unserem Leben eine ähnliche gesehen hatten. Während meine Gefährten von der Speise aßen, enthielt ich mich derselben aus Ekel und aß nichts; und dies geschah aus Gottes, des Erhabenen, Güte, damit ich noch bis heute am Leben bliebe. Als nämlich meine Gefährten von der Speise gegessen hatten, verloren sie den Verstand, so daß sie wie Verrückte drauflos fraßen und ihr Benehmen gänzlich veränderten. Hernach brachten sie ihnen Kokosnußöl, reichten ihnen davon zu trinken und rieben sie damit ein; sobald sie aber von dem Öl getrunken hatten, verdrehten sie die Augen und aßen von der Speise in ganz anderer Weise, als sie sonst zu essen pflegten. Bei diesem Anblick war ich bestürzt und bekümmert über sie, wiewohl ich mich vor jenen nackenden Menschen nicht weniger fürchtete und um mein Leben bangte. Indem ich dieselben genau betrachtete, gewahrte ich, daß es Magier waren, die einen Ghûl* zum König hatten. Alle, die in ihr Land kamen oder auf die sie im Wadi oder auf den Wegen stießen, schleppten sie vor ihren König, gaben ihnen von jener Speise zu essen und rieben sie mit jenem Öl ein, worauf sich ihr Bauch ausdehnte, damit sie gefräßig würden, während ihr Verstand wich, ihr Denkvermögen schwand und sie wie Blödsinnige wurden. Dann fütterten sie sie mit der Speise und dem Öl so lange, bis sie dick und fett geworden waren, worauf sie sie schlachteten und für ihren König brieten, während sie selbst Menschenfleisch ungebraten und ungekocht fraßen. Wie ich nun solches sah, bekümmerte ich mich schwer über mich und meine Gefährten, während sie so blödsinnig geworden waren, daß sie gar nicht mehr merkten, was mit ihnen geschah, und daß sie von den Menschenfressern einem übergeben wurden, der sie alle Tage auf der Insel wie Vieh auf die Weide trieb. Ich wurde infolge von Furcht und Hunger so schwach und krank, daß mir das Fleisch an den Knochen dürr ward; die Menschenfresser aber ließen mich, als sie mich in solchem Zustande gewahrten, unbeachtet und vergaßen mich völlig, so daß ich ihnen eines Tages entwischen konnte und weit von ihnen fort die Insel durchwanderte, bis ich ans Meer

* Ein besonders grausiger, menschenfeindlicher Dämon; die Ghûle pflegten unter wechselnder Gestalt namentlich Reisende vom Weg abzulocken, um sie zu überfallen und aufzufressen.

gelangte, wo ich einen Hirten auf einem hohen Gegenstande mitten im Wasser sitzen sah. Wie ich ihn genauer ins Auge faßte, erkannte ich in ihm den Mann, dem sie meine Gefährten zum Weiden anvertraut hatten, und gewahrte auch bei ihm viele andere in ähnlichem Zustande. Als mich jener Mann erblickte und erkannte, daß ich Herr meiner fünf Sinne war und unbetroffen von allem, was meinen Gefährten widerfahren war, winkte er mir von ferne zu, als wollte er sagen: ‹Kehr um, und schlag den Weg zu deiner Rechten ein, der dich auf die Sultansstraße führen wird.› Infolgedessen kehrte ich um, wie er es mich durch Zeichen geheißen hatte, und schlug den Weg zu meiner Rechten ein, indem ich aus Furcht bald lief, bald wieder langsam ging, um mich auszuruhen, bis ich den Augen des Mannes, der mich auf diesen Weg gewiesen hatte, entschwunden war und keiner von uns beiden mehr den anderen gewahrte. Da nun aber die Sonne unterging und die Finsternis hereinbrach, setzte ich mich, um mich auszuruhen, und wollte schlafen, doch vermochte ich es nicht vor Furcht, Hunger und Müdigkeit. Ich erhob mich deshalb wieder um Mitternacht und durchwanderte die Insel weiter, bis der Morgen anbrach und es licht ward und tagte und die Sonne auf die Gipfel der Berge und die Kiesgründe schien, worauf ich in meinem Hunger, meinem Durst und meiner Müdigkeit so lange von den Kräutern und Gräsern, die auf der Insel wuchsen, aß, bis ich satt geworden war und meine letzten Lebensgeister noch einmal geweckt hatte. Alsdann erhob ich mich wieder und wanderte in dieser Weise Nacht und Tag sieben Tage und Nächte lang weiter, immer, wenn ich Hunger bekam, von den Gräsern essend, bis ich am Morgen des achten Tages in der Ferne undeutlich etwas erblickte. Ich ging darauf zu, bis ich es nach Sonnenuntergang erreichte; und wie ich nun mit vor Furcht zitterndem Herzen, indem ich an alles, was ich zum ersten und anderen

Male erlitten hatte, dachte, meine Augen von fern darauf richtete, siehe, da war es eine Anzahl Leute, welche Pfefferkörner einsammelten. Als ich ihnen nahe gekommen war und sie mich erblickten, kamen sie auf mich zugelaufen und fragten mich, von allen Seiten mich umringend: ‹Wer bist du, und woher kommst du?› Ich antwortete ihnen: ‹Wisset, ihr Leute, ich bin ein armer Fremdling› und erzählte ihnen meine Geschichte und alle die Schrecken und Drangsale, die ich auszustehen gehabt hatte.

Fünfhundertundzweiundfünfzigste Nacht

Als die Kaufleute meine Erzählung vernommen hatten, versetzten sie: ‹Bei Gott, das ist eine wunderbare Geschichte! Wie aber entkamst du den schwarzen Menschenfressern, die doch so zahlreich auf der Insel sind und wo niemand ihnen zu entkommen und entrinnen vermag?› Da erzählte ich ihnen, wie es mir mit ihnen ergangen war und wie sie meine Gefährten genommen und ihnen Speise vorgesetzt hatten, während ich davon nichts aß, und verwundert über meine Abenteuer, wünschten sie mir Glück zu meiner Rettung und ließen mich bei sich sitzen, bis sie ihre Arbeit beendet hatten. Dann holten sie mir etwas Gutes zu essen, und ich aß davon, da ich hungrig war. Hernach ruhte ich mich eine Weile bei ihnen aus, worauf sie mit mir ein Schiff bestiegen und zu ihrer Insel fuhren, wo sie mich ihrem König vorstellten. Nachdem ich ihm den Salâm geboten hatte, hieß er mich willkommen und nahm mich ehrenvoll auf, und ich erzählte ihm auf seine Frage nach meiner Geschichte alles, was mich seit dem Tage, da ich Bagdad verlassen hatte, bis zu meinem Eintreffen bei ihm, betroffen hatte. Der König und alle Anwesenden verwunderten sich höchlichst über meine abenteuerliche Geschichte, und er befahl mir, an seiner Seite Platz zu nehmen. Nachdem ich mich gesetzt hatte, befahl er dann, das Essen aufzutragen, und als sie es gebracht hatten, aß ich so viel, bis ich genug hatte, worauf ich mir die Hände wusch und Gott, dem Erhabenen, für seine Huld dankte und ihn lobte und pries. Hierauf verließ ich den König und spazierte durch seine Stadt, welche blühend, stark bevölkert und reich an Gut, Nahrungsmitteln, Bazaren und Waren war und von Käufern und Verkäufern wimmelte. Erfreut, hierhergekommen zu sein, ward mein Herz getröstet, und ich befreundete mich mit den Bewohnern der Stadt, so daß ich bald in höherem Ansehen und größeren Ehren bei ihnen und dem König stand als die Großen des Reiches aus seinem Stadtvolk.

Hier bemerkte ich nun, daß alle Städter, groß und klein, auf edlen und hübschen Pferden ohne Sättel ritten; verwundert hierüber, fragte ich den König: ‹Aus welchem Grunde, mein Gebieter, reitest du nicht mit Sattel? Der Reiter sitzt doch so bequemer und gewinnt mehr Kraft.› Der König versetzte: ‹Was ist ein Sattel? Wir haben solch ein Ding unser Leben lang weder gesehen noch zum Reiten benutzt.› Da sagte ich: ‹Möchtest du mir wohl erlauben, dir einen Sattel zum Reiten zu machen, daß du seinen Wert erkennst?› Der König erwiderte: ‹Tu's›; und nun sagte ich zu ihm: ‹Laß mir etwas Holz bringen.› Da befahl er, mir alles, was ich wünschte, zu bringen, und so verlangte ich nach einem tüchtigen Schreiner, den ich, indem ich mich neben ihn setzte, in der Kunst unterwies, Sattelgestelle zu machen. Dann nahm ich Wolle, zerzupfte sie und machte Filz aus ihr, worauf ich Leder herbeischaffte und es, nachdem ich das Sattelgestell damit bekleidet hatte, polierte; dann brachte ich die Riemen für die Steigbügel und den Gurt an und ließ einen Schmied kommen, dem ich die Steigbügel beschrieb, worauf derselbe ein Paar prächtiger Steigbügel machte. Nachdem ich dieselben gefeilt und verzinnt und mit seidenen Fransen verziert hatte, erhob ich mich, holte eines der besten Rosse des Königs heraus, sattelte es, hängte die Steigbügel an den Sattel, zäumte es auf und führte es vor den König. Dem König gefiel es, und eingenommen von der Sache, bedankte er sich bei mir; dann saß er auf und ritt, wobei er von mächtiger Freude über den Sattel erfaßt wurde, so daß er mich für mein Werk reich belohnte. Als nun sein Wesir sah, daß ich für den König jenen Sattel gemacht hatte, verlangte er von mir einen gleichen; und nach ihm kamen auch alle Großen des Reiches und alle Würdenträger und verlangten Sättel von mir. So machte ich ihnen denn die Sättel, nachdem ich einen Tischler in der Anfertigung des Sattelgestells und einen Schmied in der Kunst, Steigbügel zu machen, unterwiesen hatte, und verkaufte sie den Großen und Herren, so daß ich viel Geld verdiente und bei dem König, seiner Umgebung und allen Vornehmen und Granden in hohen Ehren und großem Ansehen stand.

Wie ich nun eines Tages in höchster Freude und Fröhlichkeit dasaß, sprach der König zu mir: ‹Wisse, du da, du stehst in Ansehen und Ehren bei uns, bist einer von uns geworden, und wir vermögen uns nicht mehr von dir zu trennen, noch könnten wir dich aus unserer Stadt ziehen lassen; ich wünsche daher, daß du mir in einer gewissen Sache Gehorsam leistest und meinem Worte nicht widersprichst.› Ich versetzte: ‹Was ist's, o König, das du von mir wünschest? Ich werde deinem Worte nicht widersprechen, da ich dir wegen deiner Huld, Güte und Freundlichkeit verpflichtet bin; und, gelobt sei Gott, ich bin einer deiner Diener geworden.› Da sagte er: ‹Ich will dich bei uns mit einem schönen, anmutigen, klugen und reichen Weib verheiraten, daß du bei uns ansässig wirst, und will dich bei mir im Schloß wohnen lassen. Widersprich mir nicht, und weise mein Wort nicht ab.› Als ich des Königs Rede vernommen hatte, schwieg ich verlegen und gab ihm in meiner Verlegenheit keine Antwort. Da fragte er: ‹Warum gibst du mir keine Antwort, mein Sohn?› Und nun erwiderte ich ihm: ‹O mein Herr, der Befehl ist der deine, o König der Zeit.› Da ließ der König zur selbigen Zeit und Stunde den Kadi und die Zeugen holen und vermählte mich unverzüglich mit einer vornehmen, edelgeborenen Dame, reich an Geld und Gut und von stolzem Stamm, von wunderbarer Schönheit und Anmut und Herrin von Häusern, Ländereien und Gütern.

Fünfhundertunddreiundfünfzigste Nacht

Nachdem mich der König mit jener vornehmen Frau vermählt hatte, gab er mir ein hübsches und großes, alleinstehendes Haus, Eunuchen und Dienerschaft und setzte mir Gehalt und Einkünfte fest. So lebte ich in höchster Gemächlichkeit, Zufriedenheit und Heiterkeit, vergaß all der Mühsal, Plage und Drangsal, die ich erlitten hatte, und sprach bei mir: ‹Wenn ich in mein Land heimreise, nehme ich sie mit mir.› Doch alles, was über den Menschen verhängt ist, muß geschehen, und niemand weiß, wie es ihm ergehen wird. Beide liebten wir uns gleich innig, und in Eintracht führten wir lange Zeit das angenehmste und bequemste Leben, bis Gott, der Erhabene, meines Nachbarn Weib zu sich nahm. Da er mein Freund war, besuchte ich ihn, um ihm zum Verlust seiner Frau zu kondolieren, und traf ihn in übelster Verfassung an, tief betrübt und niedergeschlagenen Herzens und Gemütes. Ich tröstete ihn und suchte ihn aufzurichten, indem ich zu ihm sprach: ‹Gräme dich nicht um deine Gattin, Gott wird dich mit einer besseren entschädigen, und lange soll dein Leben währen, so Gott will.› Da aber weinte er bitterlich und sagte zu mir: ‹O mein Freund, wie soll ich eine andere heiraten, und wie kann mir Gott ein besseres Weib zum Ersatz geben, wo ich nur noch einen Tag zu leben habe?› Ich versetzte: ‹O mein Bruder, nimm doch wieder Verstand an, und verkünde dir nicht selbst den Tod; siehe, du bist gesund und wohl und munter.› Er erwiderte jedoch: ‹Mein Freund, bei deinem Leben, morgen wirst du mich verlieren und wirst mich dein Leben lang nicht wiedersehen!› Nun fragte ich ihn: ‹Wie sollte das zugehen?› Und er erwiderte mir: ‹Heute werden sie meine Gattin begraben und mich zugleich mit ihr in demselben Grab; es herrscht nämlich in unserem Lande die Sitte, daß, wenn die Frau stirbt, der Mann mit ihr lebendig begraben wird, und umgekehrt das Weib lebendig mit dem Mann, damit keiner von beiden nach dem Tode seines Gatten das Leben noch weiter genießt.› Da rief ich: ‹Bei Gott, das ist eine ganz schändliche, unerträgliche Sitte!› Während wir noch miteinander redeten, kam mit einem Male der größte Teil des Stadtvolkes an und tröstete meinen Freund über den Verlust seiner Gattin und sein eigenes Geschick; alsdann machten sie sich daran, den Leichnam seiner Frau nach ihrer Sitte herzurichten, worauf sie denselben auf eine Bahre legten und mit ihr und dem Mann vor die Stadt hinauszogen, bis sie zu einem Ort an der Seite eines zum Meer abfallenden Gebirges gelangten. Hier hoben sie einen großen Felsblock auf, unter dem ein steinerner Rand wie der eines Brunnens sichtbar wurde, der die Öffnung einer großen, unter den Berg hinabreichenden Höhle umschloß. Nachdem sie die Frau in die Höhle hinuntergeworfen hatten, holten sie den Mann und ließen ihn an einem Seil aus Palmenfasern, das sie ihm um die Brust gebunden hatten, ebenfalls hinab, nebst einem großen Krug süßen Wassers und sieben Broten als Zehrung. Sobald sie ihn niedergelassen hatten, band er sich von dem Seil los, worauf sie das Seil herauszogen, die Zisternenöffnung wieder wie zuvor mit dem großen Stein bedeckten und ihres Weges gingen, meinen Freund bei dem Leichnam seiner Frau in der Höhle zurücklassend. Da sprach ich bei mir: ‹Bei Gott, diese Todesart ist schlimmer als die erstere.› Hierauf begab ich mich zum König und fragte ihn: ‹Mein Herr, warum begrabt ihr in eurem Lande die Toten mit den Lebendigen?› Er versetzte: ‹Wisse, das ist unsere von den Vorvätern ererbte Sitte, das Weib mit dem verstorbenen Mann und den Mann mit seinem verstorbenen Weib lebendig zu begraben, auf daß beide weder im Leben noch im Tode voneinander getrennt sind.› Da fragte ich ihn: ‹O König der Zeit, wird es auch also mit einem fremden Mann, wie ich es bin, geschehen, wenn seine Frau bei euch stirbt?› Er erwiderte: ‹Jawohl; wir begraben ihn mit ihr und verfahren mit ihm, wie du es gesehen hast.› Als ich diese Worte von ihm vernahm, platzte mir fast die Gallenblase aus Gram und Kummer über mich selbst, mein Verstand verstörte sich, und ich lebte fortwährend in der Furcht, daß mein Weib vor mir sterben könnte und ich mit ihr lebendig begraben werden würde. Nach einiger Zeit tröstete ich mich jedoch wieder und sprach bei mir: ‹Vielleicht sterbe ich vor ihr, denn niemand weiß, wer früher oder später an die Reihe kommt.› Daneben suchte ich mich durch mehrfache Beschäftigungen zu zerstreuen, doch ehe noch eine längere Frist verstrichen war, erkrankte meine Frau, und nach Verlauf von wenigen Tagen war sie tot. Da kamen der König und der größte Teil des Volks zu mir, mir und ihren Angehörigen zu ihrem Verlust zu kondolieren, wie es ihr Brauch war; dann holten sie eine Leichenwäscherin, schmückten den Leichnam, nachdem sie ihn gewaschen hatten, mit ihren prächtigsten Kleidern und reichsten Schmucksachen, Halsbändern und Juwelen und legten ihn auf die Bahre, worauf sie mit ihr nach jenem Berge zogen, den Stein von der Öffnung der Höhle hoben und sie hinunterstürzten. Alsdann umringten mich alle meine Freunde, und die Angehörigen meiner Frau traten an mich heran und nahmen von mir Abschied, während ich schrie: ‹Ich bin ein Fremdling und füge mich nicht eurer Sitte.› Sie aber packten mich, ohne auf meine Worte zu hören oder sich an sie zu kehren, banden mich mit Gewalt und ließen mich nach ihrem Brauch zugleich mit sieben Brotlaiben und einem Krug süßen Wassers in die Zisterne hinunter, die sich als eine große, unter jenem Berg gelegene Höhle erwies. Als ich unten angelangt war, sagten sie zu mir: ‹Binde dich vom Seil los›; ich weigerte mich jedoch, dies zu tun, und nun warfen sie das Seil auf mich herunter und verschlossen die Öffnung der Zisterne mit dem großen Stein, der auf ihr gelegen hatte, worauf sie ihres Weges gingen.

Fünfhundertundvierundfünfzigste Nacht

Wie ich nun unten in der Höhle steckte und dort viele Tote liegen sah, die einen abscheulichen Gestank verbreiteten, schalt ich mich für mein Unterfangen und sprach: ‹Bei Gott, ich verdiene alles, was mir noch widerfahren wird!› Ich vermochte die Nacht nicht vom Tage zu unterscheiden und verzehrte nur wenig, indem ich nur dann aß und trank, wenn mich Hunger und Durst übermäßig quälten, da ich fürchtete, Brot und Wasser könnten mir ausgehen. Dabei rief ich: ‹Es gibt keine Macht und keine Kraft außer bei Gott, dem Hohen und Erhabenen! Was verführte mich auch nur dazu, daß ich mich in dieser Stadt verheiratete! Sooft ich aus einem Unglück entkommen zu sein glaube, gerate ich in ein noch schlimmeres. Bei Gott, solch ein Tod, wie ich ihn hier sterben muß, ist ein unseliger Tod! Ach, daß ich doch im Meer ertrunken oder in den Bergen umgekommen wäre! Das wäre besser für mich gewesen als dieses gemeine Ende.› In dieser Weise schalt ich mich fortwährend und flehte bald Gott, den Erhabenen, um Hilfe an, bald wünschte ich mir den Tod, ohne ihn in meiner Verzweiflung zu finden, bald lag ich auf dem Totengebein und schlief, bis Hunger und Durst mein Herz verbrannten und mich in Flammen setzten. Dann saß ich da, tastete nach dem Brot, aß einen Brocken und schluckte nach ihm ein wenig Wasser hinunter, worauf ich mich erhob und die Höhle durchwanderte, welche sich sehr weit erstreckte und leere Ausbuchtungen hatte, doch lagen auf ihrem Boden viele Leichen und viele verfaulte Knochen aus alten Zeiten. Ich machte mir nun an der Seite der Höhle fern von den frischen Leichen einen Platz zurecht und schlief daselbst, wenn ich müde wurde, doch ging mein Proviant bereits zur Neige, und mir war nur noch sehr wenig übriggeblieben, wiewohl ich täglich oder alle zwei Tage nur einmal aß und trank, aus Furcht, mein Brot und Wasser könnten ausgehen, bevor ich gestorben wäre. Wie ich nun eines Tages brütend dasaß, was ich wohl beginnen sollte, wenn mein Wasser und Brot ausgegangen wäre, wurde mit einem Male der Stein von seinem Platze genommen, und das Licht fiel zu mir herein. Da sprach ich: ‹Was mag es nur geben?› Und siehe, da standen die Leute an der Öffnung der Grube und ließen einen toten Mann herunter zugleich mit einer lebenden Frau, welche weinte und über sich jammerte und schrie, und viel Wasser und Brot. Ich sah die Frau, ohne daß sie meiner gewahr wurde; und wie nun die Leute die Öffnung wieder mit dem Stein geschlossen hatten und fortgegangen waren, erhob ich mich, packte den Schenkelknochen eines Toten und schlug ihr damit mitten auf den Schädel, daß sie ohnmächtig zu Boden stürzte; dann versetzte ich ihr noch einen und einen dritten Hieb, bis sie tot war, und nahm ihr Wasser und Brot, wobei ich viele Schmucksachen und Gewänder, Halsbänder, Juwelen und Edelsteine an ihr bemerkte. Hierauf schaffte ich die Brote und das Wasser an den Platz, den ich mir an der Seite der Höhle zum Schlafen zurechtgemacht hatte, und verzehrte, dort sitzend, nur immer gerade so viel, als nötig war, mich am Leben zu erhalten, damit der Vorrat nicht zu schnell zu Ende ginge und ich vor Hunger und Durst sterben müßte. In dieser

Weise lebte ich geraume Zeit in der Höhle, indem ich jeden, den sie mit einer Leiche lebendig begruben, totschlug, worauf ich sein Wasser und Brot nahm, bis ich eines Tages, als ich schlief, durch ein Scharren und Kratzen in einem Winkel der Höhle geweckt wurde und bei mir sprach: ‹Was mag das nur sein?› Dann erhob ich mich und schritt, mit einem Schenkelknochen in der Hand, darauf los; und siehe, da war's ein wildes Tier, das vor mir ins Innere der Höhle fortlief, sobald es mich bemerkte. Ich folgte ihm und gewahrte nach einiger Zeit ein fernes, kleines Licht, ähnlich einem Stern, bald aufblitzend und bald wieder erlöschend. Als ich es erblickte, ging ich darauf zu, und je näher ich ihm kam, desto größer und heller wurde es, woraus ich mit Gewißheit entnahm, daß es ein Spalt in der Höhle war, welcher ins Freie führte, und bei mir sprach: ‹Sicherlich hat diese Sache einen Grund, sei es, daß es eine zweite Öffnung ist, ähnlich der, durch welche sie mich hier hinunterließen, oder daß der Fels einen Spalt hat.› Nach längerer Überlegung ging ich auf das Licht zu, und siehe, da war es ein Loch auf der anderen Seite des Berges, welches die wilden Tiere ausgehöhlt hatten, um in der Höhle aus und ein gehen und sich an den Leichen satt fressen zu können. Als ich dies gewahrte, kehrten Ruhe, Frieden und Stille in mein Herz, meine Seele und mein Gemüt ein, und ich ward nun wieder meines Lebens gewiß, nachdem ich bereits den Tod erlitten hatte. Wie im Traume mühte ich mich so lange ab, bis ich aus dem Loch herausgekrochen war, worauf ich mich auf dem Abhang eines zur See abfallenden hohen Berges befand, welcher zwischen dem Meer und der Stadt lag, daß niemand von der Insel dorthin gelangen konnte. Da lobte ich Gott, den Erhabenen, und dankte ihm in mächtiger Freude; dann aber stärkte ich mein Herz, kehrte noch einmal durch das Loch in die Höhle zurück, schaffte alles Brot und Wasser, welches ich dort aufbewahrt hatte, heraus, zog mir über mein Gewand einige von den Kleidungsstücken der Toten an und nahm eine große Menge von all den Halsbändern und -schnüren, den Juwelen und Perlen, den goldenen und silbernen, mit mannigfachen Steinen besetzten Schmucksachen und andere Kostbarkeiten, nachdem ich alles in die Kleidungsstücke der Toten gebunden hatte, mit mir aus der Höhle auf die Rückseite des Berges an den Meeresstrand. Tag für Tag kroch ich jedoch wieder in die Höhle hinunter und erschlug jeden, den sie dort lebendig begruben, sei es Mann oder Weib, worauf ich mit seinem Brot und Wasser wieder herauskam und am Strande wartete, bis Gott, der Erhabene, mir Trost gewähren und ein Schiff vorüberziehen lassen würde. Nachdem ich so in einem längeren Zeitraum aus der Höhle allen Schmuck, den ich dort gesehen hatte, herausgeschafft und in die Sachen der Toten gebunden hatte,

Fünfhundertundfünfundfünfzigste Nacht

sah ich, als ich eines Tages, in Gedanken versunken über meine Lage, am Meeresstrande saß, mit einem Male mitten im wogenden, tosenden Meer ein Schiff vorüberziehen. Da nahm ich eines der weißen Totenlaken, band es an einen Stock und lief, ihnen mit dem Laken zuwinkend, den Strand entlang, bis ihr Blick auf mich fiel und sie mich oben auf dem Berge gewahrten. Wie sie nun näher kamen und mein Rufen hörten, schickten sie ein Boot mit einer Anzahl Matrosen nach mir aus, die mich, als sie nahe herangekommen waren, fragten: ‹Wer bist du? Warum sitzest du hier, und wie kamst du auf diesen Berg, auf dem wir, solange wir leben, noch keinen sahen?› Ich erwiderte ihnen: ‹Ich bin ein Kaufmann; das Schiff, auf dem ich mich befand, ging unter, doch rettete ich mich mit meinen Sachen auf eine der Schiffsplanken, und Gott ließ mich gnädiglich nach großer Mühsal durch meine Anstrengung und Geschicklichkeit mit meinem Hab und Gut hierhergelangen.› Hierauf nahmen sie mich zu sich ins Boot nebst allem, was ich aus der Höhle geschafft und in die Gewänder und Laken der Toten gebunden hatte, und ruderten mich zu ihrem Schiff zurück, dessen Kapitän mich fragte: ‹Mann, wie gelangtest du dort auf jenen hohen Berg, hinter dem eine große Stadt liegt? Solange ich lebe, befahre ich dieses Meer und segele an diesem Berge vorüber, doch sah ich niemals irgendein lebendes Wesen außer wilden Tieren und Vögeln.› Ich versetzte: ‹Ich bin ein Kaufmann und reiste auf einem großen Schiff, doch zerbrach dasselbe, und alle meine Sachen versanken mit Ausnahme dieses Linnenzeugs und dieser Kleider, die du hier siehst. Ich packte dieselben auf eine große Schiffsplanke, und Gottes Allmacht und das Schicksal standen mir bei, so daß ich hierhergetrieben wurde und diesen Berg erstieg, von wo ich nach einem vorübersegelnden Schiff ausschaute, daß es mich aufnähme.› So verschwieg ich ihnen meine Erlebnisse in der Stadt und in der Höhle, aus Furcht, es könnte sich jemand aus der Stadt bei ihnen auf dem Schiffe befinden. Dem Schiffsherrn aber bot ich eine Menge von meinem Gut an und sprach zu ihm: ‹Mein Herr, dir hab ich meine Rettung von diesem Berge zu verdanken, nimm dies daher als Entgelt für deine mir bewiesene Güte von mir an.› Er wollte jedoch nichts von mir annehmen, sondern sagte zu mir: ‹Wir nehmen von niemand etwas an, und wenn wir einen Schiffbrüchigen am Meeresgestade oder auf einer Insel sehen, so nehmen wir ihn zu uns auf, geben ihm Speise und Trank, kleiden ihn, wenn er nackend ist, und geben ihm auch noch ein Geschenk, wenn wir einen sicheren Hafen erreichen; solche Güte und Freundlichkeit erweisen wir ihm um Gottes Willen.› Ich erflehte ihm hierfür langes Leben von Gott und freute mich, voll Hoffnung auf meine Heimkehr, über meine Rettung; sooft ich aber an meinen Aufenthalt in der

Höhle bei meinem toten Weibe dachte, schwand mir der Verstand. Wir segelten nun weiter von Insel zu Insel und von Meer zu Meer, bis wir durch Gottes, des Erhabenen, Allmacht sicher und wohlbehalten in Basra anlangten, von wo ich nach einem Aufenthalt von wenigen Tagen nach Bagdad zog. In meinem Viertel angelangt, suchte ich meine Wohnung auf, erkundigte mich nach meinen Freunden und Angehörigen und empfing alle bei mir, die sich über meine Rettung freuten und mich dazu beglückwünschten. Dann speicherte ich alle meine Güter in meinen Warenhäusern auf, verteilte Almosen und milde Gaben, kleidete die Waisen und Witwen und hob ein Leben in eitel Freude und Fröhlichkeit an, indem ich wieder wie zuvor mit Brüdern, Freunden und Gefährten schmauste, zechte und allerlei Kurzweil trieb. Das sind die wunderbarsten Abenteuer, die ich auf meiner vierten Reise erlebte; du aber, mein Bruder, iß bei mir zur Nacht, nimm das übliche Geschenk in Empfang, und komm morgen wieder zu mir, damit ich dir die Abenteuer meiner fünften Reise erzähle, die noch wunderbarer und außerordentlicher sind als die früheren.»

Hierauf befahl Sindbad, dem Lastträger wieder hundert Goldmithkâl zu überreichen, und bestellte das Essen, worauf alle zur Nacht speisten und dann, höchlichst verwundert über das Gehörte, da eine Geschichte immer abenteuerlicher als die andere war, ihres Weges gingen. Auch Sindbad der Lastträger ging heim und verbrachte die Nacht in höchster Freude, Fröhlichkeit und Verwunderung in seiner Wohnung. Am anderen Morgen aber in der Frühe, als es licht ward und tagte, erhob er sich und begab sich, nachdem er das Frühgebet verrichtet hatte, nach der Wohnung Sindbads des Seefahrers. Beim Betreten derselben wünschte er ihm guten Morgen, worauf Sindbad der Seefahrer ihn willkommen hieß und ihn einlud, an seiner Seite Platz zu nehmen, bis seine anderen Freunde gekommen wären. Hierauf aßen und tranken sie, und als sie nun vergnügt und fröhlich dasaßen, während die Unterhaltung hin und her ging, nahm Sindbad der Seefahrer das Wort und erzählte:

SINDBADS FÜNFTE REISE

Fünfhundertundsechsundfünfzigste Nacht

«Wisset, meine Brüder, wie ich nun von meiner vierten Reise heimgekehrt war, vergaß ich, völlig in meinem Vergnügen aufgehend, bald wieder in meiner großen Freude über meinen Gewinn und meinen Verdienst und Profit alles Elend, alle Gefahren und Drangsale, die ich auszustehen gehabt hatte, und meine Seele gab mir von neuem das Verlangen nach einer Reise ein, um das Land der Menschen und die Inseln zu schauen. So erhob ich mich schnell entschlossen, kaufte kostbare, für eine Seereise passende Waren ein, packte sie in Ballen und reiste von Bagdad nach Basra. Hier ging ich an das Stromufer, wo ich ein großes, hohes, hübsches und neu aufgetakeltes Schiff sah; da es mir gefiel, kaufte ich es, heuerte einen Kapitän und Mannschaft, über die ich meine Sklaven und Diener setzte, und ließ meine Waren auf dasselbe schaffen. Nachdem dann noch eine Anzahl Kaufleute ebenfalls ihre Waren auf mein Schiff verladen und mich dafür bezahlt hatten, brachen wir so fröhlich und vergnügt, wie wir es nur sein konnten, auf, indem wir uns gute Reise und Verdienst versprachen. Wir zogen von Insel zu Insel und von Meer zu Meer, überall auf den Inseln absteigend, kaufend und verkaufend und die Städte in Augenschein nehmend, bis wir eines Tages zu einem großen, unbewohnten, öden und wüsten Eiland gelangten, auf welchem wir eine hohe weiße Kuppel von großem Umfang erblickten. Da stiegen die Kaufleute ans Land, um sich dieselbe zu besehen, und siehe, da war es ein großes Ruchei, ohne daß sie es wußten. Sie zerschlugen die Schale mit Steinen, worauf eine große Menge Wasser herauslief, und als nun auch das Junge sichtbar ward, zogen sie es aus der Schale heraus, schlachteten es und nahmen eine große Menge Fleisch von ihm, während ich auf dem Schiff zurückgeblieben war und nichts von dem, was sie getan hatten, wußte. Mit einem Male sagte einer der Passagiere zu mir: ‹Mein Herr, komm und schau dir das Ei an, das wir für eine Kuppel gehalten hatten.› Da machte ich mich auf, mir dasselbe anzuschauen, und als ich nun die Kaufleute antraf, wie sie gerade das Ei zerschlugen, schrie ich ihnen entgegen: ‹Tut es nicht, damit nicht der Vogel Ruch unser Schiff zertrümmert und uns vernichtet.› Sie hörten jedoch nicht auf meine Worte und ließen sich nicht stören, als mit einem Male die Sonne verschwand und der Tag sich verfinsterte, als zöge eine Wolke über uns und verhüllte den blauen Himmel.

Wie wir nun unsere Häupter hoben, um zu schauen, was zwischen uns und die Sonne gekommen sei, sahen wir, daß es die Schwingen des Vogels Ruch waren, welche das Sonnenlicht vor unseren Blicken verhüllten und den Himmel verdunkelten. Als der Ruch zu seinem Ei kam und dasselbe zerbrochen fand, stieß er einen lauten Schrei wider uns aus, worauf sein Weibchen ebenfalls kam und mit ihm unter fürchterlichem Geschrei, das noch lauter als der Donner erschallte, unser Schiff umkreiste. Da schrie ich dem Kapitän und den Matrosen zu und rief: ‹Stoßet das Schiff ab, und sucht euer Heil in der Flucht, ehe wir umkommen.› Während nun der Kapitän schnell das Schiff losmachte, kamen die Kaufleute an Bord, worauf wir schleunigst abfuhren, um ihnen zu entrinnen und ihr Land hinter uns zu lassen. Mit einem Male aber kamen sie uns wieder nach, mit einem großen Felsstück in den Krallen, und nicht lange währte es, da hatten sie uns eingeholt, und der männliche Ruch ließ sein Felsstück auf uns niederfallen. Der Kapitän lenkte jedoch schnell das Schiff zur Seite, so daß das Felsstück dicht bei uns niedersauste und mit solcher Gewalt neben dem Schiff ins Meer stürzte, daß sich das Schiff mit uns hochhob und dann wieder so tief niederfuhr, daß wir den Meeresgrund zu sehen vermochten. Hierauf ließ der weibliche Vogel Ruch sein Stück auf uns niederfallen, welches kleiner als das erstere war, und nach dem vorausbestimmten Geschick traf es das Schiffshinterteil und zertrümmerte es, daß das Steuerruder in zwanzig Stücke auseinanderflog und alles, was sich auf dem Schiff befand, ins Meer sank. Was mich anlangt, so kämpfte ich für meine Rettung, bis mir Gott, der Erhabene, eine der Schiffsplanken in den Weg trieb; mich fest an dieselbe klammernd, bestieg ich sie rittlings und ruderte mit den Füßen; Wind und Wellen halfen mir, und mit Gottes, des Erhabenen, Erlaubnis warf mich das Schicksal an den Strand einer Insel, in deren Nähe das Schiff mitten im Meere versunken war. Mit meinen letzten Zügen und von Anstrengung, Hunger und Durst zu Tode erschöpft, erklomm ich den Strand der Insel, wo ich mich hart am Meer für eine geraume Weile niederwarf, bis ich mich ausgeruht und gestärkt hatte. Dann durchwanderte ich die Insel und fand, daß sie mit ihren schimmernden Fruchtbäumen, den Blumen, den strömenden Bächen und den singenden Vögeln, welche den Allmächtigen und Ewigen lobpreisten, einem der Gärten Edens glich. Und so aß ich mich denn an den Früchten satt und trank aus den Bächen, bis ich meinen Durst gelöscht hatte, worauf ich Gott, den Erhabenen, lobte und pries.

Fünfhundertundsiebenundfünfzigste Nacht

In dieser Weise verbrachte ich die Zeit bis zum Abend wie ein Toter von all der Anstrengung und Furcht, ohne irgendeine Stimme zu vernehmen oder ein menschliches Wesen zu gewahren. Als die Nacht hereinbrach, schlief ich ein und lag bis zum Morgen da, worauf ich mich erhob und unter den Bäumen einherschritt, als ich einen von einer laufenden Quelle gespeisten Bewässerungskanal erblickte, neben welchem ein hübscher Scheich saß, der mit einem Lendenschurz aus Baumblättern bekleidet war. Da sprach ich bei mir: ‹Vielleicht gehört dieser Scheich zu den Schiffbrüchigen und rettete sich ebenfalls an diese Insel.› Hierauf trat ich nahe an ihn heran und begrüßte ihn, doch erwiderte er mir den Salâm nur durch ein Zeichen, ohne ein Wort zu sprechen. Dann fragte ich ihn: ‹O Scheich, warum sitzest du hier an dieser Stätte?› Er schüttelte hierzu mit dem Kopfe und stöhnte, gab mir dann aber durch einen Wink zu verstehen, ich sollte ihn auf den Nacken nehmen und ihn auf die andere Seite des Kanals tragen. Da sprach ich bei mir: ‹Ich will gütig gegen ihn sein und ihn an den gewünschten Platz tragen; vielleicht belohnt mich Gott dafür.› Und so trat ich denn an ihn heran, nahm ihn auf meine Schultern und trug ihn an den Ort, den er mir bezeichnet hatte, worauf ich zu ihm sagte: ‹Steig langsam herunter.› Er stieg jedoch nicht von den Schultern herunter, und wie ich nun nach seinen Füßen sah, die er fest um meinen Nacken geschlungen hatte, sah ich, daß sie schwarz und rauh waren, als wären sie mit Büffelhaut bekleidet, so daß ich erschrak und ihn von meinem Nacken werfen wollte. Da aber preßte und würgte er meinen Hals so stark mit seinen Beinen, daß mir die Welt vor den Augen schwarz wurde und ich, die Besinnung verlierend, ohnmächtig wie ein Toter zu Boden stürzte, während er nun seine Schenkel hob und mir mit den Füßen den Rücken und die Schultern so schmerzhaft bearbeitete, daß ich mich wieder, so müde ich auch von seiner Last war, erhob. Alsdann gab er mir mit der Hand ein Zeichen, ihn unter die Bäume zu den schönsten Früchten zu tragen, und sobald ich mich nicht fügte, schlug er mich mit seinen Füßen schmerzhafter als wie mit Geißeln. In dieser Weise mußte ich ihn nach seinen Winken wie ein Gefangener überall auf der Insel unter den Bäumen umhertragen; kam ihn ein Bedürfnis an, so beschmutzte er meine Schultern, ermattete ich oder säumte ich ein wenig, so schlug er mich, weder bei Tag noch bei Nacht stieg er ab, und wenn er schlafen wollte, so schlang er seine Füße um meinen Nacken und schlief ein wenig. Dann erhob er sich wieder und schlug mich, worauf ich schnell aufsprang, unfähig, mich ihm wegen der großen Schmerzen, die ich durch ihn erduldete, zu widersetzen, und mich für das Mitleid, das ich für ihn gehabt hatte, indem ich ihn auf die Schultern nahm, tadelnd. In dieser Weise verlebte ich geraume Zeit unter der größten Mühsal, indem ich bei mir sprach: ‹Ich habe dem da Gutes erwiesen, und er hat es mir mit Bösem vergolten. Bei Gott, mein Leben lang will ich keinem mehr Gutes erweisen!›, und in all meiner Mühsal und Plage wünschte ich mir fort und fort von Gott, dem Erhabenen, den Tod herbei. Da begab es sich eines Tages, daß ich ihn nach einer Stelle auf der Insel trug, auf welcher ich viele Kürbisse erblickte, unter denen sich auch eine Menge trockener befanden. Von letzteren nahm ich einen großen, schnitt ihn am Kopfende auf, leerte ihn aus und ging mit ihm zu einem Rebenbaum, wo ich ihn mit dem Saft der Traube füllte. Dann verschloß ich die Öffnung, legte den Kürbis in die Sonne und ließ ihn einige Tage liegen, bis der Saft zu starkem Wein geworden war, worauf ich Tag für Tag von ihm trank, um mich unter all der Plackerei, die ich von diesem rebellischen Satan zu erleiden hatte, aufrecht zu halten, und sooft ich trunken ward, fühlte ich mich neu belebt. Eines Tages, als er mich trinken sah, fragte er mich durch ein Zeichen seiner Hand: ‹Was ist das?› Ich erwiderte ihm: ‹Das ist ein feiner Trank, der das Herz stärkt und die Seele belebt.› Hierauf lief ich und tanzte in meiner

Trunkenheit mit ihm unter den Bäumen, klatschte mit den Händen, sang und war ausgelassen und fröhlich. Als er mich nun in diesem Zustande sah, winkte er mir, ihm ebenfalls den Kürbis zum Trinken zu reichen, und in meiner Furcht vor ihm reichte ich ihm denselben. Da trank er allen Wein, der sich noch darin befand, aus und warf den leeren Kürbis auf die Erde; bald darauf wurde er ausgelassen, hüpfte auf meinen Schultern hin und her und wurde nach und nach so berauscht, daß alle seine Glieder und Muskeln erschlafften und er auf meinen Schultern hin und her wankte. Als ich nun merkte, daß er vor Trunkenheit seiner Sinne nicht mehr mächtig war, streckte ich meine Hand nach seinen Füßen aus, löste sie von meinem Hals, neigte mich dann mit ihm nieder, setzte mich und warf ihn auf den Boden.

Fünfhundertundachtundfünfzigste Nacht

Ich konnte es kaum glauben, daß ich mich befreit und aus meiner elenden Lage errettet hatte; da ich aber fürchtete, er könnte aus seinem Rausch wieder zu sich kommen und mir etwas Übles zufügen, hob ich einen großen Stein, der unter den Bäumen lag, auf, trat, während er schlief, an ihn heran und warf ihm den Stein aufs Haupt, daß sein Fleisch und Blut ein Brei wurde und er sofort tot war – Gott hab ihn nicht selig! Mit Frieden im Herzen durchwanderte ich dann die Insel und kehrte wieder zu der Stätte am Meeresstrande zurück, an welcher ich zuvor gewesen war, worauf ich längere Zeit von den Früchten der Insel lebte und aus ihren Bächen trank, indem ich dabei stets nach einem vorüberziehenden Schiff ausspähte, bis ich eines Tages, als ich am Strande dasaß und, alle meine Erlebnisse und Drangsale überdenkend, bei mir sprach: ‹Ob Gott mich wohl heil und gesund davonkommen lassen wird, daß ich wieder in meine Heimat zurückkehre und mit meinen Angehörigen und Freunden vereint werde?› Da, als ich dieses bei mir sprach, sah ich mit einem Male mitten im wogenden, tosenden Meer ein Schiff daherkommen, das nicht eher seine Fahrt hemmte, als bis es bei der Insel die Anker gelegt hatte, worauf die Passagiere ans Land kamen. Wie ich nun auf sie zuschritt und sie meiner gewahr wurden, kamen sie alle schnell auf mich zu, umringten mich von allen Seiten und fragten mich, wer ich sei und weshalb ich auf diese Insel gekommen wäre. Als ich ihnen alle meine Erlebnisse mitgeteilt hatte, verwunderten sie sich höchlichst und sagten zu mir: ‹Der Mann, der auf deinen Schultern ritt, heißt der Scheich des Meeres, und du bist der einzige, der unter seine Schenkel kam und sich von ihm losmachte; gelobt sei Gott für deine Rettung!› Hierauf brachten sie mir etwas zu essen, und nachdem ich mich gesättigt hatte, gaben sie mir auch Gewänder, mich darin zu kleiden und damit meine Blöße zu bedecken. Hierauf nahmen sie mich mit sich aufs Schiff, und das Schicksal führte uns nach einer Fahrt von Tagen und Nächten zu einer Stadt mit hohen Gebäuden, genannt die Affenstadt, deren Häuser sämtlich auf die See hinausgingen und deren Bewohner bei Anbruch der Nacht aus Furcht, die Affen könnten des Nachts aus den Bergen hervorbrechen und sie überfallen, aus den nach dem Meere zu gelegenen Toren herauszukommen und in Nachen und Schiffen auf dem Wasser zu übernachten pflegten. Ich stieg hier an den Strand, um mir die Stadt zu besehen, doch segelte das Schiff ab, ohne daß ich etwas davon wußte, so daß ich es bereute, ans Land gestiegen zu sein, und nun in der Erinnerung an meine Gefährten und die früheren und späteren Erlebnisse mit den Affen weinend und bekümmert dasaß. Mit einem Male trat einer der Bewohner jener Stadt an mich heran und sprach zu mir: ‹Mein Herr, mir scheint's, du bist in diesem Lande fremd?› Ich erwiderte ihm: ‹Jawohl, ich bin ein Fremdling und arm dazu. Ich befand mich auf einem Schiffe, welches bei dieser Stadt anlegte, und stieg ans Land, um mir die Stadt zu besehen; als ich aber wieder zum Schiff zurückkehrte, war es fort.› Da sagte der Mann zu mir: ‹Steh auf und komm mit uns auf ein Boot, denn wenn du während der Nacht in der Stadt bleibst, bringen dich die Affen um.› Ich versetzte: ‹Ich höre und gehorche›, worauf ich sofort aufstand und mit ihnen in ihr Boot stieg, in dem wir, nachdem sie eine Meile weit vom Strande fortgerudert waren, die Nacht verbrachten. Am nächsten Morgen ruderten sie wieder zur Stadt zurück, und jeder von ihnen ging, nachdem sie ans Land gestiegen waren, seinen Geschäften nach. In dieser Weise verbrachten sie Nacht für Nacht, denn die Affen kamen des Nachts und brachten jeden, der in der Stadt zurückgeblieben war, um, während sie den Tag über außerhalb der Stadt zubrachten, von den Früchten in den Gärten fraßen und bis zum Abend in den Bergen schliefen, worauf sie wieder zur Stadt zurückkehrten, welche im äußersten Süden gelegen ist.

Eines der wunderbarsten Erlebnisse, das ich unter dem Volk dieser Stadt hatte, bestand nun darin, daß einer der Leute, in deren Boot ich übernachtete, zu mir sagte: ‹Mein Herr, du bist in diesem Lande fremd; treibst du etwa ein Handwerk?› Ich erwiderte: ‹Nein, bei Gott, mein Bruder, ich treibe kein Handwerk und befasse mich auch sonst mit nichts; ich bin ein Kaufmann, hatte Geld und Gut und besaß ein reich mit Gütern und Waren befrachtetes Schiff, welches auf dem Meere zerbrach und mit Mann und Maus unterging; ich allein rettete mich mit Gottes, des Erhabenen, Erlaubnis, indem Gott mir ein Stück von einer Planke bescherte, welche die Ursache meiner Rettung vom Ertrinken wurde, indem ich mich auf sie setzte.› Hierauf erhob sich der Mann, brachte mir einen baumwollenen Sack und sagte: ‹Nimm diesen Sack, fülle ihn mit Kieseln, wie sie in der Stadt liegen, zieh mit einem Trupp der Stadtbewohner, denen ich dich zuführen und empfehlen will, aus, und tue ganz so wie sie; vielleicht verdienst du dir so etwas, was dir zu deiner Heimkehr verhilft.› Hierauf ging der Mann mit mir zur Stadt hinaus, während ich kleine Kiesel auflas und damit den Sack füllte, bis wir auf einen Trupp Leute stießen, die ebenfalls aus der Stadt kamen. Indem er mich ihnen zugesellte und empfahl, sagte er zu ihnen: ‹Dies ist ein Fremdling, nehmt ihn mit, und lehrt ihn einzusammeln, damit er etwas verdient, wovon er leben kann; Gott wird es euch lohnen und vergelten.› Da erwiderten sie: ‹Wir hören und gehorchen›, und mich willkommen heißend, nahmen sie mich mit sich und wanderten immer weiter, bis sie zu einem breiten Wadi mit vielen hohen Bäumen gelangten, auf die niemand klettern konnte. In dem Wadi befanden sich aber auch viele Affen, die bei unserem Anblick vor uns flohen und auf die Bäume kletterten, während die Kaufleute, die ebenfalls wie ich Säcke mit Kieseln bei sich hatten, nach den Affen mit den Steinen warfen, worauf dieselben die Früchte jener Bäume pflückten und diese nach den Leuten warfen. Als ich die Früchte betrachtete und sah, daß es indische Nüsse* waren, suchte ich mir einen hohen Baum aus, auf welchem viele Affen saßen, und an ihn herantretend, warf ich nach ihnen, worauf die Affen ihrerseits mit Nüssen nach mir warfen; dann sammelte ich gleich den anderen die Nüsse, und ehe noch die Steine in meinem Sacke zu Ende gegangen waren, hatte ich einen großen Haufen Nüsse gesammelt. Als nun die Leute mit dieser Arbeit fertig waren, lasen sie alles zusammen, und jeder von ihnen lud so viel, als er vermochte, auf, worauf wir gegen Abend zur Stadt zurückkehrten. Ich suchte hier meinen Freund wieder auf, der mich den Leuten zugeführt hatte, und gab ihm alle Nüsse, die ich gesammelt hatte, indem ich ihm für seine Güte dankte; er aber sagte zu mir: ‹Nimm die Nüsse, ver-

* Kokosnüsse.

kaufe sie, und verwerte den Erlös für dich.› Hierauf gab er mir den Schlüssel von einem Raum in seinem Hause und sagte: ‹Bring die Nüsse, die dir übrigbleiben, hier unter; zieh jeden Tag wie heute mit den Leuten aus, lies die schlechten Nüsse zum Verkauf aus, und verbrauche das Geld, das du für sie erhältst, die guten aber verwahre hier in diesem Raum; vielleicht legst du so viel zurück, daß du mit ihnen deine Heimreise bestreiten kannst.› Ich antwortete ihm: ‹Gott, der Erhabene, lohne es dir!› und tat nach seinen Worten, indem ich Tag für Tag meinen Sack mit Steinen füllte und, mit den Leuten ausziehend, ganz wie sie verfuhr, während sie mich einer dem anderen empfahlen und mir immer die reichsten fruchtbeladenen Bäume zeigten. In dieser Weise hatte ich bereits geraume Zeit verbracht und nicht nur eine große Menge guter Kokosnüsse aufgehäuft, sondern auch ebensoviel für eine große Geldsumme verkauft; dabei kaufte ich alles, was ich sah und was mir gefiel, verbrachte meine Zeit heiter und vergnügt, und mein Ansehen nahm zu in der ganzen Stadt, als eines Tages, wie ich am Meeresstrande stand, plötzlich ein Schiff auf jene Stadt zukam und am Strand die Anker auswarf. Da sich auf demselben Kaufleute mit Waren befanden, welche sofort zu kaufen und verkaufen begannen und gegen Nüsse und andere Artikel Tauschgeschäfte betrieben, suchte ich meinen Freund auf, benachrichtigte ihn von der Ankunft des Schiffs und erklärte ihm, ich wollte mit ihm heimreisen. Er versetzte: ‹Du hast zu beschließen›; worauf ich mich, nachdem ich von ihm Abschied genommen und ihm für seine mir erwiesene Güte gedankt hatte, zum Schiff begab und mit dem Kapitän meine Überfahrt abmachte. Nachdem ich dann meine Nüsse und andere Habseligkeiten an Bord gebracht hatte, brachen wir noch an demselben Tage auf und zogen von Insel zu Insel und von Meer zu Meer, indem ich überall, wo wir anlegten, meine Nüsse verkaufte oder für andere Waren eintauschte und von Gott für all mein verlorenes Gut überreich entschädigt wurde. Wir kamen auf dieser Fahrt auch an einer Insel vorüber, auf welcher Zimt und Nelken wuchsen, und die Leute erzählten uns, sie hätten über jeder Pfeffertraube ein großes Blatt gesehen, welches dieselben ebenso vor der Sonne wie vor dem Regen schützt, aber wenn der Regen vorüber ist, sich umdreht und neben der Traube herabhängt. Nachdem ich auf dieser Insel viel Pfeffer und Zimt gegen Kokosnüsse eingetauscht hatte, zogen wir weiter und kamen bei der Insel al-Usirât vorüber, woher die komoriner Aloe kommt; von hier gelangten wir zu einer anderen Insel, die sich fünf Tagesreisen weit ausdehnte, auf welcher die chinesische Aloe wächst, die noch wertvoller als die komoriner ist. Die Bewohner dieser Insel aber stehen auf einer viel tieferen sittlichen und religiösen Stufe als die der ersteren, auf welcher die komoriner Aloe wächst, da sie Hurerei treiben und dem Wein ergeben sind und nichts vom Azân* und dem Gebet wissen. Von dort gelangten wir zu den Perlenfischereien, wo ich den Tauchern einige Kokosnüsse gab, indem ich dabei zu ihnen sagte: ‹Tauchet auf mein Glück!› Da tauchten sie und holten mir aus der Bucht eine Menge großer und wertvoller Perlen heraus, die sie mir mit den Worten übergaben: ‹Mein Herr, bei Gott, dein Glück ist groß!› Nachdem ich alle Perlen, die sie gehoben hatten, zu mir aufs Schiff genommen hatte, zogen wir mit Gottes, des Erhabenen, Segen weiter und segelten unablässig, bis wir

* Der Gebetsruf.

nach Basra gelangten, von wo ich mich nach kurzem Aufenthalt nach der Stadt Bagdad aufmachte. In meinem Quartier daselbst angelangt, suchte ich mein Haus auf und begrüßte meine Angehörigen und Freunde, die mich zu meiner wohlbehaltenen Heimkehr beglückwünschten, worauf ich alle meine Waren und Güter aufspeicherte, die Waisen und Witwen kleidete, Almosen verteilte und Spenden machte und meine Angehörigen, meine Freunde und Lieben beschenkte, da Gott mich für das Verlorene vierfach entschädigt hatte. Über den großen Gewinn und Verdienst vergaß ich denn auch bald alle Mühsal, die ich auszustehen gehabt hatte, und begann wieder mit meinen Freunden und Gefährten das lustige Leben, das ich zuvor mit ihnen geführt hatte. Das sind die wunderbarsten Erlebnisse meiner fünften Reise; nun aber speiset zur Nacht, und kommet morgen wieder her, daß ich euch die Abenteuer meiner sechsten Reise erzähle, die noch wunderbarer als diese sind.»

Hierauf wurden die Tische aufgetragen, und sie speisten; nach dem Essen aber befahl Sindbad der Seefahrer, Sindbad dem Lastträger wieder hundert Goldmithkâl auszuhändigen, der mit ihnen voll Verwunderung über das Vernommene heimzog und in seinem Hause die Nacht über schlief. Am nächsten Morgen aber erhob er sich und begab sich, nachdem er das Frühgebet verrichtet hatte, wieder zur Wohnung Sindbads des Seefahrer. Beim Eintreten wünschte er ihm guten Morgen, worauf Sindbad der Seefahrer ihm befahl, sich an seine Seite zu setzen, und mit ihm plauderte, bis seine anderen Freunde vollzählig erschienen waren. Alsdann plauderten alle miteinander, die Tische wurden aufgetragen, und als sie nun gegessen und getrunken hatten und fröhlich und vergnügt waren, nahm Sindbad der Seefahrer das Wort und erzählte:

SINDBADS SECHSTE REISE

«Wisset, meine Brüder, meine Lieben und Freunde, als ich nun nach meiner Heimkehr von der fünften Reise bei allerlei Kurzweil und Vergnügungen in heller Lust und Freude alles, was ich auszustehen gehabt hatte, wieder vergessen hatte, da begab es sich nach längerer Zeit, als ich vergnügt und fröhlich und in heiterster Stimmung dasaß, daß mich eine Anzahl Kaufleute besuchten, denen man es ansah, daß sie von einer Reise kamen. Bei ihrem Anblick gedachte ich der Tage meiner Heimkehr von der Reise und meiner Freude beim Wiedersehen meiner Angehörigen, meiner Freunde und Lieben und beim Betreten meines Heimatlandes, und Sehnsucht ergriff mich wieder, zu reisen und Handel zu treiben. Und so entschloß ich mich denn wieder zur Fahrt, kaufte wertvolle und feine Waren ein, wie sie für eine Seereise erforderlich sind, lud meine Lasten auf und zog von Bagdad nach Basra, wo ich ein großes Schiff antraf, auf dem sich Kaufleute und Patrizier mit kostbaren Handelsgütern befanden. So ließ ich auch meine Waren zu ihnen aufs Schiff bringen, und bald darauf segelten wir wohlbehalten von Basra ab.

Fünfhundertundsechzigste Nacht

Ununterbrochen segelten wir von Ort zu Ort und von Stadt zu Stadt, überall kaufend, verkaufend und uns das Land der Menschen besehend; und Glück und Fahrt waren uns günstig, so daß wir großen Profit machten, bis eines Tages während der Fahrt der Kapitän laut schrie, seinen

Turban vom Kopf riß und zu Boden warf, sich vors Gesicht schlug und, sich den Bart raufend, vor Kummer und Aufregung in den Schiffsbauch hinabfiel. Als sich nun alle Kaufleute und Passagiere um ihn drängten und ihn fragten: ‹Kapitän, was ist los?›, da erwiderte ihnen der Kapitän: ‹Wisset, ihr Leute, wir sind vom Kurs abgekommen und sind in ein fremdes Meer geraten, dessen Wege ich nicht kenne; und so uns nicht Gott noch Mittel gewährt, aus diesem Meer zu entkommen, so sind wir allzumal verloren. Betet daher zu Gott, dem Erhabenen, daß er uns aus dieser Not errettet.› Hierauf erhob sich der Kapitän und kletterte auf den Mast, um die Segel loszumachen, aber der Sturm packte das Schiff mit doppelter Gewalt und warf es rückwärts, so daß das Steuer nahe bei einem hohen Berg brach. Da stieg der Kapitän wieder vom Mast herunter und rief: ‹Es gibt keine Macht und keine Kraft außer bei Gott, dem Hohen und Erhabenen! Keiner kann sein Verhängnis abwenden; wir sind an einen Ort geraten, wo uns sicheres Verderben droht, ohne daß uns irgendein Weg zur Rettung und zum Entkommen übriggeblieben ist.› Während nun alle Passagiere über ihr Schicksal weinten und voneinander Abschied nahmen, dieweil ihr Leben abgelaufen und jegliche Hoffnung abgeschnitten war, neigte sich das Schiff gegen jenen Berg und zerbrach, so daß die Planken auseinandergingen und die Kaufleute und alles, was sich sonst auf dem Schiffe befand, ins Meer sanken. Ein Teil von ihnen ertrank; ich aber und eine Anzahl der anderen, wir klammerten uns an den Berg und kletterten auf ihn hinauf, von dessen Gipfel wir gewahrten, daß wir uns auf einer großen Insel befanden, neben welcher viele Schiffswracks lagen und deren Strand so dicht von den Habseligkeiten und Gütern zerbrochener Schiffe, deren Passagiere ertrunken waren, bedeckt war, daß sich der Verstand und die Gedanken davon verwirrten. Ich stieg nun ins Innere der Insel und durchwanderte sie, bis ich zu einer Quelle süßen Wassers gelangte, welche vorn am Fuße jenes Gebirges entsprang und unter dem Höhenzug auf der anderen Seite wieder verschwand; die anderen Passagiere aber drangen über die Berge weiter ins Innere der Insel vor und zerstreuten sich in ihr, verwirrt von allem, was sie zu sehen bekamen, und sich wie Verrückte beim Anblick all der Güter und Schätze, die am Meeresstrand verstreut lagen, gebärdend. In dem Quell nun gewahrte ich viele Hyazinthen, große Königsperlen, Edelsteine und Juwelen allerlei Art, die wie Kies in den Wasserläufen jener Fluren lagen, so daß der Boden jenes Quells von allem Edelgestein, das in ihm lag, blitzte und blinkte. Ferner gewahrten wir auf der Insel eine Menge wertvollster chinesischer und komoriner Aloe und einen Quell von rohem Ambra,* welches infolge der großen Sonnenglut wie geschmolzenes Wachs über den Rand des Quells hinab zum Meeresstrand läuft, wo es die Seeungeheuer verschlingen. Sind dieselben aber wieder ins Meer getaucht, so müssen sie das Ambra, da es in ihren Leibern brennt, wieder ausbrechen, worauf es auf der Meeresoberfläche erstarrt und infolgedessen seine Farbe und Beschaffenheit ändert, bis es schließlich die Wellen wieder an den Strand werfen und nun die Reisenden und Kaufleute, die es kennen, sammeln und in den Handel bringen. Das rohe Ambra aber, welches nicht verschlungen wird, fließt über den Quell und erstarrt an seinem Rand, bis es in der Sonnenglut zerschmilzt und das ganze Wadi mit moschusartigem Duft erfüllt, worauf es, wenn die Sonne von ihm gewichen ist, wieder hart wird; und niemand vermag zu dem Orte, an welchem sich dieses rohe Ambra befindet, zu gelangen, da das Gebirge die Insel

* Kostbare Substanz mit süßem, moschusähnlichem Duft, hochgeschätzt als Parfum und Medizin.

von allen Seiten einschließt und keiner das Gebirge zu erklimmen imstande ist.

So durchwanderten wir die Insel und staunten, verwirrt von allem, was wir zu sehen bekamen, die Dinge an, die Gott, der Erhabene, hier erschaffen hatte; doch bedrückte uns unsere Lage schwer, und wir lebten in banger Furcht. Wir hatten am Gestade ein wenig Nahrung aufgelesen und gingen sehr haushälterisch damit um, indem wir nur täglich oder alle zwei Tage einmal aßen, da wir Sorge hatten, die Nahrung könne uns ausgehen und wir müßten dann elendiglich vor Hunger und Angst umkommen. Jeden, der von uns starb, wuschen wir, worauf wir ihn in einige der Kleider und Linnenstücke, welche das Meer an den Strand der Insel warf, einwickelten, bis schließlich eine große Anzahl von uns gestorben und nur noch ein kleines Häuflein übriggeblieben war. Und nur kurze Zeit, da waren alle meine Freunde und Gefährten einer nach dem anderen gestorben – wir litten aber an Leibweh, das von der See herrührte –, und einen nach dem anderen hatten wir begraben, bis ich allein mit geringem Proviant nach all der Menge zuvor übriggeblieben war. Da weinte ich über mich und rief: ‹Ach, wäre ich doch vor meinen Gefährten gestorben, daß sie mich wenigstens gewaschen, in das Totenlaken gewickelt und begraben hätten! Es gibt keine Macht und keine Kraft außer bei Gott, dem Hohen und Erhabenen!›

Fünfhundertundeinundsechzigste Nacht

Nachdem ich so eine kurze Weile dort verbracht hatte, erhob ich mich und grub mir ein tiefes Grab am Strand der Insel, indem ich bei mir sprach: ‹Wenn ich krank werde und den Tod mir nahen fühle, dann will ich mich ins Grab legen und dort sterben; und der Wind wird den Sand über mich wehen und mich bedecken, so daß ich darin begraben werde.› Dann schalt ich mich wieder über meine

Dummheit, daß ich mein Land und meine Stadt verlassen hatte und nach all dem Elend, das ich auf meinen fünf ersten Reisen erduldet hatte, dennoch wieder in die Fremde gezogen war, zumal ich auf jeder Reise immer größere Schrecknisse und härtere Drangsale als zuvor durchgemacht hatte; und ohne noch an mein Entkommen und meine Rettung zu glauben, bereute ich es bitterlich, wieder aufs Meer hinausgefahren zu sein, zumal da ich des Geldes nicht bedurfte, ich genug und übergenug besaß und nicht einmal die Hälfte davon in meinem ganzen Leben hätte ausgeben können. Hierauf dachte ich wieder nach und sprach bei mir: ‹Bei Gott, dieser Fluß muß doch ebenso ein Ende haben, wie er einen Anfang hat; er muß unbedingt irgendwo in einem bewohnten Lande wieder ans Tageslicht treten, so daß es das Richtige ist, daß ich mir ein kleines Floß mache, gerade groß genug, um darin sitzen zu können; dann will ich es in den Fluß setzen und von der Strömung forttragen lassen; rette ich mich, so rette ich mich mit Gottes, des Erhabenen, Erlaubnis, und komme ich um und ertrinke im Fluß, so ist das immer noch besser, als an dieser Stätte mein Leben zu lassen.› Mit solchem Entschluß erhob ich mich, über mich seufzend, schaffte fleißig Hölzer von der chinesischen und komoriner Aloe herbei und band sie am Strande mit Seilen von den Schiffswracks zusammen, worauf ich Planken von gleicher Länge holte, sie zwischen die Aloehölzer fügte und alles fest und gut zusammenband. Nachdem ich in dieser Weise das Floß fertiggestellt und ein wenig schmaler als den Fluß gemacht hatte, belud ich es mit einem Teil der Edelerze und Juwelen, der großen Perlen, die wie Kiesel dalagen, und der sonstigen Schätze, die sich auf jener Insel befanden, nebst jenem feinen rohen und reinen Ambra. Dann packte ich noch alles, was ich sonst auf der Insel zusammengelesen hatte, und den Rest des Proviants darauf und ließ es in den Fluß, worauf ich, nachdem ich an beiden Seiten ein Stück Holz als Ruder angebracht hatte, nach den Worten eines Dichters tat, die da lauten:

Verlaß die Stätte, an welcher dir Übel droht,
Und laß das Haus des Erbauers Tod verkünden.
Für das alte findest du leicht ein neues Land,
Doch ein Leben für deines findest du nicht.
Sorge dich nicht um der Nächte lauerndes Unheil,
Alles Leid nimmt einmal ein Ende hier.
Wem das Schicksal ein Land zum Sterben bestimmte,
Der stirbt auch in keinem andern Lande als dort.
Und betrau keinen Boten mit wichtigem Auftrag,
Denn die Seele hat zum Vertrauten nur sich.

Die Strömung trug mein Floß mit sich fort, während ich meinen Gedanken über den Ausgang dieses Unternehmens nachhing, und ich fuhr dahin, bis ich zu der Stelle kam, an welcher der Fluß unter dem Berge verschwand. Ich ruderte das Floß dort hinein, und bald umgab mich tiefe Finsternis unter dem Berg, während das Floß von der Strömung immer weitergetragen wurde, bis ich zu einer engen Kluft gelangte, in welcher das Floß mit beiden Seiten an die Flußufer und ich mit dem Kopf an die Decke stieß, ohne daß ich wieder umkehren konnte. Da schalt ich mich, daß ich mein Leben durch dieses Wagnis aufs Spiel gesetzt hatte, und sprach: ‹Wenn diese Schlucht noch enger wird, so bleib ich mit dem Floß drin stecken, ohne wieder umkehren zu können, und muß hier unvermeidlich auf die elendeste Weise umkommen.› Dann warf ich mich wegen der Enge der Schlucht aufs Gesicht und wurde in dieser Lage auf dem Fluß, der bald breit, bald wieder schmal wurde, immer weiter getrieben, ohne daß ich in der Finsternis, welche mich hier unter dem Berge umgab, und bei meiner Todesangst die Nacht von dem Tage unterscheiden konnte. Schließlich machten mich die Finsternis und meine Aufregung so matt, daß ich von Müdigkeit befallen wurde und auf dem Floß, so wie ich auf dem Gesicht lag, einschlief. Als ich wieder erwachte, ohne zu wissen, ob ich lange oder kurze Zeit geschlafen hatte, fand ich, daß es Tag um mich her war, und meine Augen öffnend, schaute ich über eine weite Gegend und sah, daß mein Floß an einer Insel festgebunden war, während eine Anzahl Inder und Abyssinier mich rings umgaben. Als dieselben sahen, daß ich wach geworden war, kamen sie zu mir heran und redeten mich in ihrer Sprache an, ohne daß ich verstand, was sie sagten, und alles für einen Traum haltend, den ich infolge meiner Angst und Aufregung zu träumen wähnte. Wie sie nun sahen, daß ich sie nicht verstand und ihnen keine Antwort gab, trat einer von ihnen an mich heran und sprach auf arabisch zu mir: ‹Frieden sei auf dir, mein Bruder! Wer bist du, woher kommst du, und weshalb bist du hierhergekommen? Wir sind Ackersleute und Feldbebauer und waren hierhergekommen, um unsere Felder und Saaten zu bewässern, als wir dich hier auf dem Floß schlafend fanden; da hielten wir es an und banden es bei uns fest, daß du gemächlich aufwachen könntest. Nun sag uns, weshalb du hierhergekommen bist.› Da sprach ich zu ihm: ‹Um Gott, mein Herr, bring mir etwas zu essen, denn ich habe Hunger; hernach frag mich, was du willst.› Er holte mir nun schnell etwas zu essen, und ich aß, bis ich mich gesättigt hatte und, beruhigt und frei von aller Furcht, neues Leben in mir verspürte. Nachdem ich dann Gott, den Erhabenen, für all seine Huld gelobt und gepriesen hatte, erzählte ich ihnen, erfreut, aus dem unterirdischen Fluß zu ihnen gelangt zu sein, alle meine Abenteuer von Anfang bis zum Ende und besonders meine Fahrt auf dem schmalen Fluß.

Fünfhundertundzweiundsechzigste Nacht

Hierauf hielten sie miteinander Rat und sagten: ‹Wir müssen ihn mit uns nehmen und unserem König vorstellen, damit er ihm sein Abenteuer erzählt.› Alsdann nahmen sie mich und das Floß samt allem Geld und Gut und den Juwelen, Edelerzen und Schmucksachen mit sich und führten mich vor ihren König, dem sie das Geschehene mitteilten. Der König begrüßte mich, hieß mich willkommen und fragte mich, wer ich sei, was ich triebe und was mir zugestoßen sei; und ich erzählte ihm meine Geschichte und alle meine Abenteuer von Anfang bis zum Ende, worauf er mich in höchster Verwunderung zu meiner Errettung beglückwünschte. Dann erhob ich mich und holte eine große Menge Edelerze, Juwelen, Aloe und rohes Ambra vom Floß als Geschenk für den König, der es von mir annahm und mich mit hohen Ehren auszeichnete. Ich mußte bei ihm im Palast wohnen und verließ ihn nie, die Vornehmen und Großen der Insel verkehrten mit mir und bewiesen mir hohen Respekt, und die Fremden, die jene Insel besuchten, erkundigten sich bei mir nach den Verhältnissen in meiner Heimat, worauf ich ihnen über alles Auskunft gab und dann meinerseits mich nach den Verhältnissen in ihrem Lande erkundigte und sie mir alles berichteten. Eines Tages nun traf es sich, daß sich der König ebenfalls bei mir nach den Verhältnissen in meiner Heimat und nach der Regierung des Kalifen im Lande der Stadt Bagdad erkundigte, worauf ich ihm seine gerechte Regierung schilderte. Verwundert hierüber sagte er zu mir: ‹Bei Gott, des Kalifen Regierung ist klug und löblich, und nach dem, was du mir erzählt hast, muß ich ihn lieben; ich will ihm daher ein Geschenk zurüsten und es durch dich an ihn senden.› Ich antwortete: ‹Ich höre und gehorche, o mein Gebieter, ich will es ihm überbringen und ihm mitteilen, daß du ihn aufrichtig liebst.› So lebte ich bei dem König geraume Zeit in höchsten Ehren und in größtem Ansehen und führte das schönste Leben, als ich eines Tages, als ich im Palast saß, hörte, daß eine Anzahl Kaufleute aus jener Stadt ein Schiff zur Fahrt nach Basra ausrüsteten. Da sprach ich bei mir: ‹Ich kann nichts Besseres tun als mit diesen Leuten reisen›; und mich sofort eilig aufmachend, küßte ich des Königs Hand und teilte ihm mit, daß es mein Wunsch wäre, mit jenem Schiff abzureisen, da ich mich nach meinen Angehörigen und meiner Heimat sehnte. Der König antwortete mir: ‹Du hast zu beschließen; willst du jedoch bei uns bleiben, so sei es, auf Kopf und Auge! Denn du bist uns ein lieber Freund geworden.› Da versetzte ich: ‹Bei Gott, mein Herr, du überhäufst mich mit deiner Huld und Güte, jedoch sehne ich mich nach meinen Angehörigen und meiner Heimat und Familie.› Als er meine Worte vernommen hatte, ließ er die Kaufleute, die das Schiff ausgerüstet hatten, vor sich entbieten und empfahl mich ihnen, worauf er mir reiche Geschenke aus seinem Schatz machte und für mich die Reise bezahlte. Nachdem er mir dann noch ein prächtiges Geschenk für den Kalifen Harûn ar-Raschîd in Bagdad mitgegeben hatte, verabschiedete ich mich von ihm und allen meinen Bekannten, mit denen ich verkehrt hatte, und stieg mit den Kaufleuten an Bord.

Gleich darauf segelten wir ab im Vertrauen auf Gott – Preis Ihm, dem Erhabenen! –, und Wind und Fahrt waren uns günstig, so daß wir, von Insel zu Insel und von Meer zu Meer ziehend, schließlich mit Gottes, des Erhabenen, Erlaubnis wohlbehalten in Basra anlangten, wo ich das Schiff verließ und mich einige Tage und Nächte aufhielt, bis ich mich zurechtgemacht und meine Lasten aufgeladen hatte. Alsdann zog ich nach Bagdad, der Stätte des Friedens, suchte den Kalifen Harûn ar-Raschîd auf und überreichte ihm das Geschenk, indem ich ihm zugleich alle meine Erlebnisse berichtete. Hierauf brachte ich mein ganzes Hab und Gut in meinen Magazinen unter und suchte mein Quartier auf. Bald darauf kamen meine Angehörigen und meine Freunde zu mir, und ich verteilte unter meiner ganzen Familie Geschenke, teilte Almosen aus und machte Spenden. Nach einiger Zeit schickte der Kalif zu mir und fragte mich nach der Ursache des Geschenkes, das ich ihm überbracht hatte, und woher es sei. Da antwortete ich ihm: ‹O Fürst der Gläubigen, bei Gott, ich weiß nicht den Namen der Stadt, von der das Geschenk ist, und kenne auch nicht den Weg zu ihr. Als nämlich mein Schiff untergegangen war und ich mich auf eine Insel gerettet hatte, machte ich mir ein Boot und ließ mich in ihm auf einen Fluß mitten auf der Insel stromabwärts führen.› Hierauf erzählte ich ihm meine abenteuerliche Fahrt auf dem Fluß, bis ich zu jener Stadt gelangte, und meine Erlebnisse daselbst sowie die Veranlassung der Übersendung des Geschenkes. Der Kalif war über meine Geschichte aufs äußerste verwundert und befahl den Chronisten, sie aufzuschreiben und sie als Lehre für alle, die sie lesen, in seine Schatzkammer zu legen. Mit hohen Ehren von ihm ausgezeichnet, lebte ich dann wieder in Bagdad so wie in früherer Zeit und hatte bald in einem Leben voll lauter Lust und Fröhlichkeit alle meine Leiden und Drangsale gänzlich vergessen. Solches, meine Brüder, sind die Abenteuer meiner sechsten Reise, und, so Gott, der Erhabene, will, erzähle ich euch morgen die Geschichte meiner siebenten Reise, welche noch wunderbarer und merkwürdiger ist als meine früheren Reisen.»

Hierauf ließ er die Tische auftragen, und nachdem seine Gäste das Abendessen bei ihm eingenommen hatten, befahl er, Sindbad dem Lastträger wieder hundert Goldmithkâl auszuhändigen. Alsdann gingen die Gäste, höchlichst verwundert über die Geschichte, die sie vernommen hatten, heim, und Sindbad der Lastträger trollte sich ebenfalls mit seinem Geschenk.

Fünfhundertunddreiundsechzigste Nacht

Am nächsten Morgen machte sich Sindbad der Lastträger nach dem Frühgebet wieder zur Wohnung Sindbads des Seefahrers auf, welcher nach der Ankunft all seiner anderen Gefährten das Wort ergriff und also zu erzählen anhob:

SINDBADS SIEBENTE REISE

«Wisset, Gesellschaft, als ich von meiner sechsten Reise mit großem Gewinn und reichem Profit heimgekehrt war und längere Zeit wie zuvor herrlich und in Freuden und fröhlich und vergnügt Nacht und Tag gelebt hatte, da erwachte in meiner Seele wieder die Sehnsucht, fremde Länder zu schauen, die Meere zu befahren, mich den Kaufleuten beizugesellen und Neuigkeiten zu erfahren. Und so entschloß ich mich hierzu, schnürte feine, für eine Seereise geeignete Waren zusammen und zog mit ihnen von Bagdad nach Basra, wo ich ein Schiff antraf, auf welchem sich angesehene Kaufleute befanden, zur Abfahrt bereit. Da stieg ich zu ihnen aufs Schiff und befreundete mich mit ihnen, während wir gesund und wohlbehalten absegelten und mit günstigem Wind unsere Fahrt bis zu einer Stadt zurücklegten, welche den Namen Madînat as-Sîn* führte. Fröhlich und vergnügt und miteinander über das Reisen und den Handel plaudernd, hatten wir bisher den Weg zurückgelegt, als mit einem Male ein mächtiger Sturm von vorn her gegen uns losbrach und ein starker Regen auf uns niederkam, daß wir samt unseren Ballen durchnäßt wurden und die Ballen mit Filz und Sacktuch bedeckten, damit sie nicht durch den Regen verdorben würden. Zugleich begannen wir, zu Gott, dem Erhabenen, zu flehen und uns vor ihm zu demütigen, auf daß er uns aus unserer gefährlichen Lage befreite. Der Kapitän aber erhob sich und stieg, nachdem er sich fest gegürtet und seine Ärmel zurückgeschlagen hatte, auf den

* Die Stadt Chinas.

Mast, von wo er nach rechts und links ausspähte, bis er mit einem Male zu uns aufs Schiff niedersah und sich vors Gesicht schlug und den Bart ausraufte. Auf unsere Frage: ‹Kapitän, was ist los ?› rief er uns zu: ‹Flehet zu Gott, dem Erhabenen, um Errettung aus der Gefahr, in die wir geraten sind, beweinet euch, und nehmet Abschied voneinander! Wisset, der Sturm ist stärker als wir gewesen und hat uns ins entlegenste Meer der Welt getrieben.› Hierauf stieg der Kapitän wieder vom Mast herunter, öffnete seine Kiste und holte aus dieser einen baumwollenen Beutel hervor, aus welchem er, ihn aufbindend, ein Pulver, das wie Asche aussah, zum Vorschein brachte. Dieses Pulver machte er mit Wasser naß, wartete ein wenig und roch daran. Dann holte er aus derselben Kiste ein kleines Buch hervor und sprach zu uns, nachdem er darin gelesen hatte: ‹Wisset, ihr Fahrgäste, dieses Buch enthält eine wundersame Sage, die darauf hinweist, daß jeder, der in diese Gegend gelangt, verloren ist; diese Gegend heißt nämlich das Klima* der Könige, und es befinden sich hier das Grab unseres Herrn Salomo, des Sohnes Davids – Frieden auf beide! –, und Schlangen von gewaltiger Größe und entsetzenerregendem Anblick; und auf jedes Schiff, das in diese Gegenden gerät, fährt ein Fischungeheuer los und verschlingt es mit Mann und Maus.› Als wir dies vom Kapitän vernahmen, verwunderten wir uns aufs höchste; ehe aber noch der Kapitän ausgeredet hatte, wurde das Schiff hoch übers Wasser gehoben und fuhr dann wieder hinunter in die Tiefe, worauf wir einen fürchterlichen, donnerähnlichen Schrei vernahmen, so daß wir uns entsetzten und, zu Tode erschrocken, unseres augenblicklichen Untergangs gewiß waren. Mit einem Male kam ein Fisch, so groß wie ein hoher Berg, auf das Schiff zu, so daß wir, entsetzt vor ihm, bitterlich über uns weinten und

* Klima gleichbedeutend mit «Zone, Gegend».

uns zum Sterben anschickten, wobei wir jedoch den Fisch immer im Auge behielten und uns über seine grausige Gestalt verwunderten; plötzlich kam ein zweiter Fisch her, wie wir bisher noch keinen größeren und fürchterlicher gestalteten gesehen hatten, und wie wir nun voneinander Abschied nahmen und über unser verlorenes Leben weinten, kam auch schon ein dritter Fisch heran, der noch größer als die beiden anderen war. Da verloren wir Verstand und Besinnung und wurden von Furcht und Grausen völlig verstört, während die drei Fische rings um das Schiff schwammen. Schon machte sich der dritte Fisch daran, das Schiff mit Mann und Maus zu verschlingen, als plötzlich ein heftiger Windstoß das Schiff in die Höhe hob; es stürzte auf ein großes Riff und zerbrach. Alle seine Planken fielen auseinander, und alles, was sich an Bord befand, Ballen, Kaufleute und Passagiere, sank ins Meer. Was mich anlangt, so zog ich alle Sachen bis auf ein Stück aus und schwamm eine kurze Strecke, bis ich eine der Schiffsplanken zu fassen bekam; dann schwang ich mich auf dieselbe, setzte mich rittlings darauf und hielt mich fest, während Wind und Wellen mit mir spielten und mich bald in die Höhe hoben, bald wieder in die Tiefe warfen. In elendester Verfassung und von Furcht, Hunger und Durst gequält, schalt ich mich, nach einem Leben voll behaglicher Ruhe in der Seele ermüdet, über mein Unterfangen und sprach zu mir: ‹O Sindbad, o Seefahrer, du bereust nicht, wiewohl du auf jeder Reise Widerwärtigkeiten und Mühsal auszustehen hast; du läßt das Reisen zur See nicht, und so du es wirklich bereust, so ist deine Reue erlogen. Ertrag daher alle deine Leiden, denn du verdienst alles, was dich betroffen hat, und alles dies ist von Gott, dem Erhabenen, über mich verhängt, daß ich von meiner Habgier ablasse; meine Gier allein hat diese Leiden über mich gebracht, da ich genug Reichtümer besitze.› Hierauf kam ich wieder zur Besinnung und sprach bei mir: ‹Fürwahr, diesmal bereue ich das Reisen in aufrichtiger Reue vor Gott, dem Erhabenen, und mein Leben lang soll der Gedanke ans Reisen mir hinfort weder auf die Zunge noch ins Herz kommen.› So demütigte ich mich unter Tränen unablässig vor Gott, dem Erhabenen, indem ich bei mir meiner früheren Ruhe, Gemächlichkeit und Fröhlichkeit, der Heiterkeit, Zufriedenheit und all der Freuden gedachte, und verharrte zwei Tage lang in dieser Weise, bis ich zu einer großen Insel mit vielen Bäumen und Flüssen gelangte. Ich stieg hier an den Strand und aß von den Früchten der Bäume und trank aus den Flüssen, bis ich mich wieder erholte und Leben in mich zurückkehrte, mein Lebensmut sich stärkte und meine Brust sich weitete. Dann wanderte ich auf der Insel umher, bis ich auf der anderen Seite einen großen Strom mit süßem Wasser fand, der mit starker Strömung dahinschoß; da gedachte ich des Floßes, das ich mir zuvor gemacht hatte, und sprach bei mir: ‹Ich muß mir hier wieder solch ein Floß machen, vielleicht rette ich mich dadurch aus dieser Lage. Entkomme ich heil, so ist mein Wunsch erfüllt, und ich entsage vor Gott, dem Erhabenen, für immer dem Reisen, komme ich jedoch um, so hat mein Herz von all der Mühsal und Plackerei Ruhe gefunden.› So erhob ich mich und beschaffte mir Holz von jenen Bäumen, welches alles Sandelbäume der geschätztesten Art waren, wie es ihresgleichen nirgends gibt, ohne daß ich es wußte, flocht Zweige und Gras zu Seilen und band die Hölzer damit zu einem Floß zusammen.

Mit den Worten: ‹Rette ich mich, so geschieht's durch Gottes Hilfe› stieg ich dann auf das Floß und ließ mich von der Strömung forttragen, bis ich mich von der Insel entfernte. Einen Tag und noch einen und einen dritten währte meine Fahrt, während welcher Zeit ich, ohne etwas zu essen, dalag und nur meinen Durst mit dem Wasser jenes Stromes stillte, so daß ich vor Müdigkeit, Hunger und Furcht einem schwindeligen Küchlein glich. Endlich gelangte das Floß mit mir zu einem hohen Berge, unter den der Strom seinen Weg nahm. Als ich dies gewahrte, fürchtete ich für mein Leben, indem ich der engen Schlucht gedachte, durch welche ich auf der vorigen Reise gefahren war, und wollte das Floß anhalten und am Bergabhang absteigen; die Strömung riß mich jedoch fort und trieb das Floß unter den Berg, so daß ich nun, meines Unterganges gewiß, rief: ‹Es gibt keine Macht und keine Kraft außer bei Gott, dem Hohen und Erhabenen!› Nach kurzer Fahrt trat das Floß jedoch wieder ins Freie hinaus, und ich befand mich in einem breiten Wadi, in welches sich der Strom mit Donnergetöse und Sturmesschnelle ergoß. In meiner Furcht, vom Floß zu fallen, klammerte ich mich fest an dasselbe, während mich die Wellen mitten auf dem Strom nach rechts und links schleuderten. So wurde das Floß von der Strömung immer weiter durchs Wadi fortgetragen, ohne daß ich vermocht hätte, es aufzuhalten oder ans Land zu steuern, bis es mit mir an einer reichbewohnten, hübsch erbauten und prächtig anzuschauenden Stadt vorüberkam. Als mich die Bewohner derselben mitten im Strom auf meinem Floß auf den Wellen treiben sahen, warfen sie ein Netz und Stricke über das Floß und zogen es ans Ufer, wo ich nun erschöpft von Hunger, Wachen und Furcht wie ein Toter niederfiel. Da trat ein alter ehrwürdiger Scheich auf mich zu, hieß mich willkommen und warf eine Menge hübscher Kleider über mich, mit denen ich meine Blöße bedeckte. Hierauf nahm er mich und führte mich ins Bad, wohin er mir stärkende Getränke und würzige Wohlgerüche brachte. Nachdem wir das Bad verlassen hatten, nahm er mich zu sich in sein Haus, wo er mich, während seine Hausgenossen mir ihre Freude über meinen Besuch bezeugten, an einem feinen Platz sitzen ließ und mir köstliche Speisen vorsetzte. Als ich mich satt gegessen und Gott, dem Erhabenen, für meine Rettung gedankt hatte, brachten mir seine Pagen heißes Wasser zum Händewaschen und seine Sklavinnen seidene Handtücher, mit denen ich mir die Hände trocknete und den Mund wischte. Hierauf erhob sich der Scheich und ließ mir in seinem Hause ein Zimmer für mich ganz allein zurechtmachen, indem er seinen Pagen und Sklavinnen befahl, mich zu bedienen und alle meine Anliegen und Bedürfnisse zu erledigen. Während mich dieselben nun aufmerksam bedienten, wohnte ich bei gutem Essen, gutem Trank und guten Wohlgerüchen drei Tage lang in der Gastwohnung bei ihm, bis wieder neues Leben in mir einkehrte, meine Furcht sich legte, mein Herz Ruhe und meine Seele Frieden fand. Am vierten Tage kam der Scheich zu mir und sprach: ‹Du hast uns durch deinen Besuch erfreut, mein Sohn, und Gott sei gelobt für deine Rettung! Möchtest du nun aber nicht mit mir an den Strand gehen und auf dem Bazar deine Ware verkaufen, um für den Erlös dir etwas anderes zu kaufen, womit du Handel treiben kannst?› Da schwieg ich einen Augenblick, indem ich bei mir sprach: ‹Woher sollte ich Waren haben, und was ist die Ursache dieser Worte?› Der Scheich aber sagte nun: ‹Mein Sohn, sorge dich nicht, und hänge nicht deinen Gedanken nach, sondern komm mit auf den Bazar; bietet dir dort einer einen annehmbaren Preis, so verkaufe deine Ware, bekommst du jedoch kein passendes Angebot, so bewahre sie bei mir in meinen Magazinen bis zu einer besseren Geschäftszeit.› Da überlegte ich die Sache, indem ich bei mir sprach: ‹Folg ihm, und sieh nach, was das für Waren sind›; dann sagte ich zu ihm: ‹Ich höre und gehorche, mein Oheim Scheich, ich kann dir in nichts widersprechen, denn auf all deinem Tun ruht Segen.› Als ich nun mit ihm auf den Bazar ging, fand ich, daß er das Floß, auf dem ich gekommen war und das aus lauter Sandelhölzern bestand, bereits auseinandergenommen hatte und durch den Makler ausbieten ließ,

Fünfhundertundfünfundsechzigste Nacht

während die Kaufleute herbeikamen und, die Pforte des Angebotes öffnend, einer den anderen überboten. Als das Gebot die Höhe von zehntausend Dinaren erreicht hatte und die Kaufleute nunmehr zu bieten aufhörten, wendete sich der Scheich zu mir und sagte: ‹Höre, mein Sohn, in Zeiten wie diesen ist dies der Preis dieser Ware. Willst du sie dafür verkaufen, oder willst du noch warten, und soll ich dir das Holz in meinen Magazinen aufbewahren, bis der Preis dafür gestiegen ist und wir es dann für dich verkaufen?› Ich erwiderte ihm: ‹Mein Herr, du hast zu befehlen, tue daher, was dir gut dünkt.› Da sagte er: ‹Willst du mir das Holz verkaufen, wenn ich dir noch zweihundert Golddinare über das Gebot der Kaufleute hinaus gebe?› Ich versetzte: ‹Ja, ich verkaufe es dir und nehme das Geld in Empfang.› Nun befahl er seinen Dienern, das Holz in seine Magazine zu schaffen, und kehrte mit mir wieder nach Hause zurück, wo er mir, nachdem wir uns gesetzt hatten, den ganzen Kaufpreis für das Holz auszahlte; dann steckte er das Geld in Beutel, verwahrte es in einem Raum, legte ein eisernes Schloß davor und übergab mir den Schlüssel. Einige Zeit später sagte er zu mir: ‹Mein Sohn, ich habe dir einen Vorschlag zu machen, und ich wünschte wohl, du nähmest ihn an.› – ‹Was ist's?› fragte ich. Da sagte er: ‹Wisse, ich bin ein alter Mann und habe keinen Sohn; doch habe ich eine junge Tochter von eleganter Erscheinung und dabei sehr reich und hübsch. Ich möchte dich mit ihr verheiraten, daß du bei ihr in unserem Lande bleibst, und möchte dir all mein Gut und allen Besitz, den ich unter meiner Hand habe, übergeben; denn siehe, ich bin ein alter Mann, und du sollst an meinen Platz treten.› Als ich hierzu schwieg und keine Antwort gab, sagte er zu mir: ‹Gehorche mir, mein Sohn, denn siehe, ich habe Gutes mit dir vor. Wenn du mir gehorchst, so verheirate ich dich mit meiner Tochter, und du sollst wie mein Sohn gehalten werden und all mein Gut und Eigentum besitzen; und so du Handel treiben und in dein Land reisen willst, wird dich niemand daran hindern; dieses dein Gut steht unter deiner Hand, tue demnach, was du willst und erwählst.› Da sagte ich zu ihm: ‹Bei Gott, Oheim Scheich, du bist mir wie ein Vater geworden, und ich habe so viele Schrecknisse durchgemacht, daß mir weder Urteil noch Einsicht geblieben ist; der Befehl ist daher in allem der deine.› Da befahl der Scheich seinen Dienern, den Kadi und die Zeugen zu rufen, und als sie erschienen waren, vermählte er mich mit seiner Tochter und richtete uns ein prächtiges Hochzeitsbankett und ein großes Fest aus. Als er mich dann ihr zuführte, fand ich, daß sie über die Maßen schön und anmutig und von ebenmäßigem Wuchs war und allerlei Schmuckstücke und Gewänder, edle Steine, goldene Kleinodien, Halsbänder und kostbare Juwelen trug, deren Wert sich auf Millionen belief und deren Preis niemand erschwingen konnte. Sie gefiel mir, wir gewannen uns gegenseitig lieb, und ich lebte in größter Freude und Fröhlichkeit mit ihr, bis ihr Vater in Gottes, des Erhabenen, Barmherzigkeit einging, worauf wir ihn herrichteten und bestatteten. Alsdann legte ich meine Hand an all sein Eigentum, alle seine Sklaven wurden meine Sklaven und dienten mir unter meiner Hand, und die Kaufleute setzten mich in sein Amt eines Ältesten und Scheichs ein, ohne dessen Wissen und Erlaubnis niemand etwas nehmen durfte. Und so trat ich nun an seine Stelle. Als ich aber mit dem Volk jener Stadt in näheren Verkehr trat, fand ich, daß sie sich in jedem Monat verwandelten und Flügel bekamen, auf denen sie bis zu den Wolken des Himmels emporstiegen, und daß niemand außer den Kindern und Säuglingen in der Stadt zurückblieb. Da sprach ich bei mir: ‹Zu Beginn des nächsten Monats will ich einen von ihnen bitten, mich mitzunehmen.› Als nun der folgende Monat anhob und sich ihre Farbe veränderte und ihre Gestalt verwandelte, besuchte ich einen von ihnen und sprach zu ihm: ‹Um Gott, ich beschwöre dich, nimm mich mit, daß ich mein Vergnügen mit euch habe und dann mit euch wieder heimkehre.› Er erwiderte mir: ‹Das ist unmöglich›; doch drang ich so lange in ihn, bis er hierin einwilligte. Nachdem ich mich mit ihnen verabredet hatte, hängte ich mich an ihn und flog mit ihm auf seinen Schultern, ohne daß einer meiner Hausgenossen oder Sklaven und Freunde etwas davon wußte, so hoch in die Luft, daß ich den Lobgesang der Engel im Himmelsdom vernahm. Verwundert hierüber rief ich: ‹Preis sei Gott! Gelobt sei Gott!› Kaum aber hatte ich die Worte gesprochen, da fuhr ein Feuer aus dem Himmel und hätte sie fast verbrannt. Da flogen sie wieder alle erdwärts und warfen mich auf einen hohen Berg nieder, worauf sie in höchstem Zorn von mir fortflogen, mich auf jenem Berge alleinlassend. Da schalt ich mich über mein Unterfangen und rief: ‹Es gibt keine Macht und keine Kraft außer bei Gott, dem Hohen und Erhabenen! Sooft ich aus einem Unglück befreit werde, gerate ich in ein größeres.› Da ich mich nun auf jenem Berge befand und nicht wußte, wohin ich gehen sollte, kamen mit einem Male zwei Jünglinge des Weges daher, schön wie Monde, von denen jeder eine goldene Rute in der Hand hielt, die sie als Stab benutzten. Da trat ich auf sie zu, begrüßte sie und fragte sie, nachdem sie mir den Salâm erwidert hatten: ‹Um Gott, wer seid ihr, und was ist euer Geschäft?› Sie erwiderten: ‹Wir gehören zu Gottes, des Erhabenen, Dienern›; hierauf gaben sie mir eine der Ruten aus rotem Gold, die sie bei sich hatten, und zogen, mich alleinlassend, ihres Weges, während ich nun über den Gipfel des Berges schritt, wobei ich mich auf die Rute als Stab stützte und meinen Gedanken über jene beiden Jünglinge nachhing. Mit einem Male kam eine Schlange unter dem Berg hervor, aus deren Rachen ein bis unter den Nabel verschluckter Mann heraussah, welcher laut schrie: ‹Wer mich errettet, den wird Gott auch aus aller Drangsal erretten.› Da trat ich an die Schlange und schlug ihr mit der goldenen Rute übers Haupt, worauf sie den Mann aus ihrem Rachen ausspie.

Fünfhundertundsechsundsechzigste Nacht

Nun trat der Mann an mich heran und sagte: ‹Dieweil ich durch deine Hand von dieser Schlange losgekommen bin, will ich mich niemals mehr von dir trennen, und du sollst auf diesem Berge mein Gefährte sein.› – ‹Gern›, erwiderte ich, und nun wanderten wir zusammen in die Berge, als ich mit einem Male eine Menge Volks auf uns zukommen sah, unter denen ich den Mann erblickte, der mich auf seine Schultern genommen hatte und mit mir aufwärts geflogen war. Da ging ich auf ihn zu, bat ihn um Vergebung und gab ihm gute Worte, indem ich zu ihm sprach: ‹O mein Freund, so handeln doch nicht Freunde gegeneinander.› Er erwiderte jedoch: ‹Du bist's, der uns beinahe ins Verderben gestürzt hätte, als du Gott auf meinem Rücken lobpreistest.› Da sagte ich: ‹Nimm's nicht übel; ich wußte ja nichts davon, doch will ich hinfort kein Wort mehr sprechen.› So ließ er sich denn herbei, mich wieder mitzunehmen, doch verpflichtete er mich dazu, auf seinem Rücken weder den Namen Gottes auszusprechen noch ihn zu lobpreisen; dann nahm er mich auf und flog mit mir wie zuvor, bis er mich zu meinem Hause gebracht hatte. Hier empfing mich meine Gattin und sagte zu mir, nachdem sie mich begrüßt und beglückwünscht hatte: ‹Hüte dich, noch einmal mit diesen Leuten auszuziehen und noch ferner mit ihnen zu verkehren, denn es sind Satansbrüder, die nicht wissen, den Namen Gottes, des Erhabenen, auszusprechen.› Da fragte ich sie: ‹Wie hielt es denn dein Vater mit ihnen?› Sie erwiderte: ‹Mein Vater gehörte nicht zu ihnen und tat nicht wie sie. Nun aber, wo mein Vater gestorben ist, ist es das beste, du verkaufst all unseren Besitz, kaufst für den Erlös Waren ein und nimmst mich mit in dein Land und zu deinen Angehörigen, da mich nach dem Tode meiner Eltern nichts mehr in dieser Stadt zurückhält.› So verkaufte ich denn Stück für Stück von dem Eigentum des Scheichs, wobei ich zugleich sorgsam ausschaute, ob nicht einer von dieser Stadt reiste, daß ich mit ihm ziehen könnte. Da vernahm ich eines Tages, daß eine Anzahl von den Bewohnern der Stadt, welche fortfahren wollten und kein Schiff gefunden hatten, sich Holz gekauft hatten und ein großes Schiff bauten. Auf diese Nachricht mietete ich bei ihnen Plätze zur Überfahrt und brachte, nachdem ich ihnen den Fahrpreis voll ausbezahlt hatte, mein Weib und alle meine fahrende Habe aufs Schiff, alle Häuser und Liegenschaften zurücklassend, worauf wir mit günstigem Wind von Meer zu Meer und von Insel zu Insel fuhren, bis wir wohlbehalten in Basra anlangten, wo ich mir, ohne mich weiter aufzuhalten, sofort ein anderes Schiff heuerte, mit dem ich, nachdem meine Sachen umgeladen waren, nach Bagdad zog. Hier angelangt, suchte ich mein Quartier auf und betrat mein Haus, worauf ich meine Angehörigen, meine Freunde und Lieben empfing und meine Waren in meinen Magazinen unterbrachte. Meine Angehörigen, welche bereits alle Hoffnung auf meine Heimkehr aufgegeben hatten, da sie die Zeit meiner Abwesenheit während meiner siebenten Reise auf siebenundzwanzig Jahre berechnet hatten, verwunderten sich alle höchlichst, als ich wieder zu ihnen zurückkehrte und ihnen alle meine Abenteuer erzählte, und beglückwünschten mich zu meiner wohlbehaltenen Heimkehr. Ich aber gelobte Gott, dem Erhabenen, nach dieser siebenten und letzten Reise, die mir alle Reiselust benommen hatte, nie mehr wieder, sei es zu Land oder Wasser, zu reisen, und dankte Gott – Preis Ihm, dem Erhabenen! –, lobte und pries ihn, daß er mich wieder zu meinen Angehörigen und in mein Land und meine Heimat hatte zurückkehren lassen. Betrachte demnach, o Sindbad, o Landmann, alle Fährlichkeiten und Abenteuer, die ich durchzumachen hatte.» Da sagte Sindbad der Landmann zu Sindbad dem Seefahrer: «Um Gott, vergib mir mein Vergehen gegen dich.»

Und so lebten sie von nun an in aller Freude, Fröhlichkeit und Zufriedenheit als treue Freunde und Gefährten, bis sie heimsuchte der Zerstörer aller Freuden und der Trenner aller Vereinigungen, der Verwüster der Schlösser und der Bevölkerer der Gräber, der da ist der Becher des Todes. Preis dem Lebendigen, der nimmer stirbt!

ÜBER SINDBAD

Von Ulrich Marzolph

Zusammen mit «Aladdin und die Wunderlampe» und «Ali Baba und die vierzig Räuber» sind die Geschichten von Sindbad dem Seefahrer weltweit zum Inbegriff orientalischer Erzählkunst geworden, wie sie sich nachdrücklich in den *Erzählungen aus tausendundeiner Nacht* manifestiert. Aber wissen westliche Leser eigentlich, was sie da lesen? Denn ebenso wie die beiden Zaubermärchen «Aladdin» und «Ali Baba» haben die phantastischen Reiseerzählungen Sindbads ursprünglich nur wenig mit *Tausendundeine Nacht* zu tun. «Aladdin» und «Ali Baba» gehen auf den mündlichen Vortrag des begabten syrischen Erzählers Hanna Diyab zurück. Erst Antoine Galland, der *Tausendundeine Nacht* für die Weltliteratur entdeckte, zeichnete diese Geschichten auf und fügte sie in seine Anfang des 18. Jahrhunderts veröffentlichte französische Adaptation von *Tausendundeine Nacht* ein. Im Gegensatz zu «Aladdin» und «Ali Baba», deren arabische Manuskripte erst nach Galland und aufgrund seiner französischen Textfassung angefertigt wurden, gibt es von den Sindbad-Geschichten ältere arabische Handschriften. Gemeinsam ist ihnen mit den beiden Märchen, daß auch sie erst spät in die größere Sammlung integriert wurden. Und doch sind die Geschichten von Sindbad in verschiedener Hinsicht mit den *Erzählungen aus tausendundeiner Nacht* und ihrer Entstehungsgeschichte verwoben.

Man darf annehmen, daß es Seefahrergeschichten und

Seemannsgarn gibt, seit Menschen die Meere befahren. Mehr noch als an Land war der Mensch auf dem Meer den Launen und Unbillen der Natur ausgesetzt. Wenn man bereits bei geplanten Fahrten an fremde Küsten außergewöhnliche, wunderbare und schier unmöglich erscheinende Dinge erfahren und bestaunen konnte, so sprengte ein Schiffbruch, bei dem die Menschen an unbekannte Küsten geworfen wurden, die Grenzen der Nachprüfbarkeit. Den Berichten der Seefahrer wurde schnell Glauben geschenkt, erschien doch insbesondere den vormodernen Menschen mit ihrem Glauben an die grenzenlose Allmacht Gottes alles möglich, wenn Er es nur geschehen lassen wollte. Bereits ein ägyptischer Papyrus aus der Zeit der 12. Dynastie (etwa 2000–1800 v. Chr.) erzählt von einem Schiffbrüchigen, der auf einer Insel mit einer wunderbaren sprechenden Riesenschlange zusammentrifft. Spätere Berichte schmückten derartige Erlebnisse immer weiter aus und erfanden zahlreiche phantastische Elemente hinzu. In der arabischen Literatur der Epoche vor dem Mongolensturm Mitte des 13. Jahrhunderts sind die als «Wunder der Schöpfung» bezeichneten Mirabilia ähnlich wie in den europäischen Literaturen eine feste Gattung. Die kleine Sammlung von Seemannsgarn, die der persische Kapitän Bozorg ibn Shahriyâr Mitte des 10. Jahrhunderts unter dem Titel *Die Wunder Indiens* verfaßte, gilt gar als ein direkter Vorläufer der Sindbad-Geschichten.

Wann die Sindbad-Geschichten entstanden, läßt sich nicht mit Sicherheit sagen. Wenn man sie mit datierbaren Werken vor allem der geographischen und kosmographischen Literatur vergleicht, ergibt sich ein Entstehungszeitraum zwischen dem späten 9. Jahrhundert und der Mitte des 13. Jahrhunderts. Auffällig ist einerseits, daß Sindbads Reisen ausschließlich zu Gebieten des Indischen Ozeans führen, unter anderem nach Malakka, zu den Andamanen, nach Sumatra, auf die Nikobaren, die Malediven und die Komoren. China, das nach einem im Jahr 878 verübten Massaker an ausländischen Kaufleuten aus dem geographischen Horizont der arabischen Händler verschwand, spielt keine Rolle. Andererseits führt die weitverbreitete und einflußreiche Kosmographie von Zakariya al-Qazwini (gest. 1286) Motive der Sindbad-Geschichten als geglaubte Tatsachen an, was nicht nur als Verfall einer kritischen Wissenschaft gedeutet werden kann, sondern auch darauf verweist, daß derartige Geschichten bereits allgemein bekannt waren.

Der Name Sindbad hat Anlaß zu vielfältigen Deutungen gegeben. Erwähnt wird er bereits in einer alten persischen Sammlung von Erzählungen, die als *Buch des Sindbad* bekannt ist und über hebräische und lateinische Zwischenglieder in den europäischen Literaturen als *Buch der sieben weisen Meister* Verbreitung gefunden hat. In diesem Werk ist Sindbad ein Weiser, der mit dem Erzählen moralischer und lehrhafter Geschichten die Hinrichtung eines Prinzen verhindert, der wie in der biblischen Geschichte von Joseph und der Frau des Potiphar ungerechtfertigt der Verführung einer Frau oder Konkubine des Herrschers beschuldigt wird. Nicht zuletzt diese Funktion macht die Herleitung des Namens Sindbad aus dem Sanskrit-Namen Siddhapati mit der Bedeutung «Meister der Zauberer oder Weisen» wahrscheinlich. Dieser scheint in der späteren Überlieferung mit dem persischen Namen Sinbadh verschmolzen zu sein, wobei auch die Bezeichnung «Sind» für eine Region des indischen Subkontinents hineinspielte. Manche der Versionen der Geschichten Sindbads des Seefahrers nennen daher auch Sindbads Namensvetter, den Lastträger, «Hindbad» – wobei «Hind» eine alte Bezeichnung für Indien ist.

Die Sindbad-Geschichten verarbeiten zahlreiche Motive, die auch aus anderen Kontexten, teilweise schon seit der griechischen Antike, bekannt waren. Die Blendung des menschenfressenden Ogers in der dritten Reise hat die Forscher bereits früh an die Erzählung von Polyphem in Homers *Odyssee* erinnert, die verdummende Mästung der Gefährten Sindbads in der vierten Reise an Homers Geschichte von der Zauberin Circe. Auf dieser Grundlage sind die Sindbad-Geschichten gelegentlich in einer griffigen, wenngleich nur bedingt zutreffenden Analogie als «arabische Odyssee» bezeichnet worden. Der riesige Fisch aus der ersten Reise sowie das Ei des Riesenvogels in der zweiten und vierten Reise werden bereits in der *Wahren Geschichte* des griechisch schreibenden Lukian (gest. nach 180) erwähnt. Einen wie eine Insel erscheinenden großen Krebs kennt in der arabischen Literatur schon der bekannte Literat al-Jâhiz (gest. 868). Die phantastische Luftreise Sindbads, angebunden am Fuß des Riesenvogels, erinnert an die Luftreise des Alexander im *Alexanderroman* des Pseudo-Kallisthenes. Die Episode, in der Sindbad in einem fremden Land zusammen mit seiner verstorbenen Frau beerdigt wird, spiegelt möglicherweise den indischen Brauch der Witwenverbrennung. Der erbarmungslose Alte, der sich mit seinen Beinen um Sindbads Körper schlingt, ist ein sogenannter «Riemenbeinler», eine in zahlreichen Erzählungen der islamischen Welt erscheinende Gestalt, der möglicherweise eine phantasievolle Wahrnehmung des indonesischen Orang-Utan zugrunde liegt. Der verhängnisvolle Berg zu Beginn der sechsten Reise stellt wohl eine Reminiszenz an die populäre Vorstellung von einem Magnetberg dar, der vorbeireisende Schiffe anzieht und sie an seinen Klippen zerschellen läßt. Die Elefantenepisode aus der siebenten Reise, die in zwei unterschiedlichen Versionen überliefert ist, findet ihre Entsprechung in einer Geschichte, die in mehreren Varianten in der arabischen und persischen Literatur erzählt wird.

Der französische Gelehrte Antoine Galland, der als erster die Sindbad-Geschichten in eine europäische Sprache übersetzte, wurde 1646 in der französischen Provinz geboren. Nach dem Studium der orientalischen Sprachen in Paris begleitete er zunächst von 1670 bis 1675 den französischen Botschafter zur Hohen Pforte nach Istanbul. Weitere Reisen in die Levante in den Jahren 1675 bis 1676 und 1679 bis 1688 folgten, auf denen er unter anderem im Auftrag der Königlichen Bibliothek und des Königlichen Münzkabinetts Antiquitäten, Bücher und Münzen einkaufte. Zurück in Frankreich, wirkte Galland zunächst als Privatgelehrter, als der er unter anderem an der ersten europäischen Enzyklopädie der islamischen Welt, der *Bibliothèque orientale* (1697) von Barthélemi d'Herbelot, mitarbeitete. 1701 wurde Galland Mitglied der Académie des Inscriptions, 1709 schließlich Mitglied des prestigeträchtigen Collège de France in Paris.

Während seiner Arbeit mit orientalischen Manuskripten war Galland auf die phantastischen Reiseabenteuer Sindbads des Seefahrers aufmerksam geworden, die er in Übersetzung zu publizieren gedachte – unter anderem, wie er seinem Tagebuch anvertraute, um der von ihm ganz offensichtlich wenig geschätzten «Tyrannei» der in den französischen Salons spätestens seit Charles Perrault (1628–1703) modisch gewordenen Feenmärchen entgegenzutreten. Als Galland jedoch erfuhr, daß es eine noch größere Sammlung vergleichbarer Geschichten – eben *Tausendundeine Nacht* – gab, verschob er seinen Plan. 1701 gelang es ihm, das auch heute noch älteste bekannte Manuskript von *Tausendundeine Nacht* – eine Handschrift des 15. Jahrhunderts – aus Syrien zu erwerben. Da das Manuskript unvollständig war, schob Galland im dritten Band die bereits früher von ihm übersetzten Sindbad-Erzählungen ein und ergänzte die Sammlung später mit Erzählungen aus anderen Quellen. Wenngleich bereits ein arabisches und ein türkisches Manuskript aus dem 17. Jahrhundert die Sindbad-Geschichten in *Tausendundeine Nacht* eingefügt hatten, wurden sie doch erst durch Galland zum untrennbaren Bestandteil des größeren Werks und verloren endgültig ihr Dasein als eigenständige Sammlung.

Erzählen ist in *Tausendundeine Nacht* gleichbedeutend mit Leben – wer nicht erzählen kann, ist dem Tod geweiht. Der Literaturwissenschaftler Tzvetan Todorov spricht daher von den in *Tausendundeine Nacht* erscheinenden Personen griffig als «Erzählmenschen». Ihr Überlebenswille schafft die schier endlose Vielfalt von aneinandergereihten und ineinander verschachtelten Erzählungen in *Tausendundeine Nacht*. Das grundlegende Prinzip der Sammlung hat es auch ermöglicht, die phantastischen Geschichten von Sindbad nahtlos in *Tausendundeine Nacht* einzufügen. Dies wurde zudem dadurch erleichtert, daß die Sindbad-Geschichten – wie *Tausendundeine Nacht* – von einer Rahmenerzählung umschlossen sind. In ihr erzählt der reiche Kaufmann Sindbad in Bagdad zur Zeit des Kalifen Harûn ar-Raschîd einer Abendgesellschaft, zu der er auch den armen Lastträger Sindbad einlädt – ganz in seiner Rolle als »Erzählmensch» aufgehend –, den Anwesenden, wie er auf seinen sieben Reisen zu Wohlstand gelangte.

Auch der Protagonist der Sindbad-Geschichten selbst erleichterte ihre harmonische Integration in *Tausendundeine Nacht*. Sindbad ist ja wohlgemerkt kein Seemann, sondern ein seefahrender Kaufmann. Seine sieben Reisen dienen zwar primär dem Handel und Profit, aber sie können auch als eine Suche nach Wissen und Erfahrung verstanden werden, als die Schilderung eines Reifungsprozesses. Hierdurch werden die Geschichten als didaktisches Erzählgut gewissermaßen zum «Erziehungsroman» des Kaufmannsstandes. Ähnlich wie zahlreiche andere Erzählungen aus *Tausend-*

undeine Nacht, in denen Kaufleute tragende Rollen übernehmen, spiegeln die Sindbad-Geschichten den unternehmerischen Geist des Kaufmannsstandes und fügen sich in den «Kaufmannsspiegel» *Tausendundeine Nacht* nahtlos ein. Auffällig ist dabei der zielstrebige unternehmerische Geist des Protagonisten, dessen zum Teil selbstsüchtige, ja verbrecherische Taten sich nur durch eine Ethik begründen lassen, nach der ein abschließender Erfolg rückwirkend selbst ein höchst unmoralisches Verhalten rechtfertigt. Der erreichte Wohlstand ist dabei jedoch nie Selbstzweck, denn einerseits verbildlicht er – gewissermaßen «märchentypisch» – den Wunsch der Menschen nach überzeitlichem Glück, andererseits kommt Sindbad nach jeder glücklichen Heimkehr der sozialen Verantwortlichkeit eines frommen Muslims nach und verteilt Almosen an Witwen und Waisen.

Seit ihrer Einführung in den internationalen Kanon haben die Sindbad-Geschichten zahllose Werke der modernen Literatur inspiriert, sowohl in den westlichen als auch in den arabischen Literaturen, von Edgar Allen Poes *The Thousand-and-second Tale of Scheherazade* (1845) über moderne Gedichte von Badr Shâkir as-Sayyâb, Khalîl Hâwî oder Salâh ʿAbd as-Sabûr bis zu John Barths *The Last Voyage of Somebody the Sailor* (1991). Auch in anderen Medien, vor allem dem Film, sind sie wiederholt verarbeitet worden, von dem Hollywood-Spielfilm *Sinbad the Sailor* (1947) bis hin zu demc Trickfilm *Sinbad: Legend of the Seven Seas* (2003) der Dreamworks-Studios. Zu Beginn des 21. Jahrhunderts sind die Sindbad-Geschichten damit weltweit zum Inbegriff phantastischer Reiseerzählungen geworden.

Der hier dargebotene Text beruht auf einer Übersetzung, die ursprünglich 1895 bis 1899 erschien und für die vorliegende Ausgabe behutsam sprachlich überarbeitet wurde. Der Schriftsteller Max Henning (1861–1927), heute vor allem durch seine nach wie vor viel benutzte Übersetzung des Koran bekannt, hat den Text weitgehend auf der Grundlage der Bulaker Ausgabe (1835) übersetzt, wobei er für die siebente Reise Sindbads auch die Fassung nach der Kalkuttaer Ausgabe (1839–1842) angefügt hat.

LESEEMPFEHLUNGEN

MARZOLPH, ULRICH: Sindbad der Seefahrer. In: *Enzyklopädie des Märchens*. Band 12. Berlin/New York 2007, Spalte 698–707.

MOLAN, PETER D.: Sindbad the Sailor: A Commentary on the Ethics of Violence [1978]. In: Marzolph, Ulrich (Hrsg.): *The Arabian Nights Reader*. Detroit 2004, S. 327–346.

OUYANG, WEN-CHIN: Whose Story Is It? Sindbad the Sailor in Literature and Film. In: Dies./Geert Jan van Gelder (Hrsg.): *New Perspectives on Arabian Nights: Ideological Variations and Narrative Horizons.* London/New York 2005, S. 1–15.

WALTHER, WIEBKE: Die Geschichte von Sindbad dem Seefahrer. In: Dies.: *Tausend und eine Nacht: Eine Einführung*. München 1987, S. 134–159.

AUS DEM VERLAGSPROGRAMM

Neue Orientalische Bibliothek

Ulrich Marzolph (Hrsg.)

Das Buch der wundersamen Geschichten

Erzählungen aus der Welt von Tausendundeine Nacht

1999. 661 Seiten. Leinen

Nafzâwî

Der duftende Garten

Ein arabisches Liebeshandbuch

Aus dem Arabischen übersetzt und herausgegeben von

Ulrich Marzolph

2002. 160 Seiten. Leinen

Nizami

Die Abenteuer des Königs Bahram und seiner sieben Prinzessinnen

Aus dem Persischen übersetzt und herausgegeben von

Johann Christoph Bürgel

1997. 414 Seiten. Leinen

Tausendundeine Welt

Klassische arabische Literatur vom Koran bis zu Ibn Chaldûn

Ausgewählt und übersetzt von Johann Christoph Bürgel

2007. 525 Seiten. Leinen

Verlag C. H. Beck